KB248454

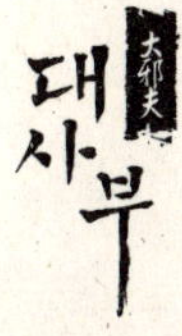

임영기 新무협 판타지 소설

FANTASTIC ORIENTAL HEROES

대사부 6
임영기 新무협 판타지 소설

초판 1쇄 찍은 날 § 2010년 4월 13일
초판 1쇄 펴낸 날 § 2010년 4월 19일

지은이 § 임영기
펴낸이 § 서경석

편집장 § 문혜영
편집 § 주소영

펴낸곳 § 도서출판 청어람
등록번호 § 제1081-1-89호
등록일자 § 1999. 5. 31
어람번호 § 제2-1916호

주소 § 경기도 부천시 원미구 심곡2동 163-2 서경B/D 3F (우) 420-822
전화 § 032-656-4452 팩스 § 032-656-4453
http://www.chungeoram.com
E-mail § chungeoram@chungeoram.com

ⓒ 임영기, 2009

ISBN 978-89-251-2148-2 04810
ISBN 978-89-251-2031-7 (세트)

대사부

大邪夫

FANTASTIC ORIENTAL HEROES

임영기 新무협 판타지 소설

6

팔대명왕(八大明王)

目次

第五十六章

색녀(色女)

　기개세는 나운상과 함께 임생전 이층으로 올라서고 있었
다.

　그가 임생도가 되어 거처를 임생전으로 옮긴 이후 이곳에
오는 것은 두 번째다.

　능소당에서 숙식을 하고 무공 연마를 하면서 살다시피 하
기 때문에 이곳에는 올 일이 없었다.

　그런데도 그가 임생전에 온 이유는 오대군림의 발장인 남
궁산을 만나려는 이유다.

　남궁산의 동생인 남궁엽이 기개세를 습격하여 우연을 죽
이고 그에게는 중상을 입힌 사건에 대해서 몇 가지 물어볼 것

이 있어서다.

군림각으로 찾아갔더니 남궁산이 임생전으로 갔다고 해서 이곳으로 온 것이다.

슥.

이층에 올라선 나운상은 가볍게 문을 밀고 안으로 들어섰다.

아래층에 남궁산이 없어서 이층으로 올라온 두 사람은 그곳에 당연히 있어야 할 정법고수, 즉 임생전 소속의 임정고수(壬正高手)가 보이지 않자 주위를 두리번거리며 찾았다.

계생전 이층에 두 명의 계정고수, 즉 계정사와 계정오가 있었던 것처럼 임생전 이층에도 임정사(壬正四)와 임정오(壬正五)가 배치되어 있는데 지금 그들이 보이지 않는 것이다.

그들이 있으면 남궁산이 어디에 있는지 물어봐서 쉽게 찾을 수 있을 텐데, 지금 같은 경우에는 일일이 찾아다녀야 하기 때문에 번거롭고 시간을 허비하게 된다.

임생전 이층의 구조도 계생전과 같다. 이층으로 올라서면 중간에 복도가 있고 양쪽에 두 개의 큰 방이 있다.

처음에 기개세와 능소지 친구들은 오른쪽에 방을 정했고, 소옥군은 왼쪽에 정했었다.

물론 기개세는 소옥군의 방이 왼쪽 어디에 있는지 모른다. 임생도가 된 이후 그녀를 본 적이 한 번도 없기 때문이다.

임생전 아래층에 남궁산이 없어서 이층으로 올라왔으나

벌써부터 그의 온몸은 긴장으로 팽팽해졌다. 이곳에 소옥군이 있을지도 모른다는 사실 때문이다.

능소당에서 생활할 때 능소지의 친구들은 기개세가 소옥군을 거의 잊어가고 있다고 여겼었다.

그만큼 시간이 흘렀으며 그가 소옥군 때문에 힘들어하는 모습을 보이지 않았기 때문이다.

하지만 그것은 단지 겉으로 보이는 모습일 뿐이다. 사실 그의 내심은 오히려 시간이 지날수록 소옥군에 대한 절절한 그리움으로 인해서 시커멓게 썩어 문드러지고 있었다.

그러나 그는 소옥군과 헤어져 있는 동안 한 가지 큰 깨달음을 얻었다.

자신이 소옥군을 좋아하는 것보다, 그녀가 자신을 좋아해주는 것이 더 중요하다는 사실이었다.

그렇지만 기개세에게 크게 실망하여 떠나간 그녀가 다시 그를 좋아하게 될 리도, 더구나 그가 그녀를 좋아하는 것보다 훨씬 더 많이 좋아하게 될 리도 없을 터이다.

기개세와 나운상은 천천히 걸어갔다. 임정고수들이 자리를 비웠으니 오른쪽의 방과 왼쪽의 방을 직접 일일이 찾아볼 수밖에 없다.

두 사람이 걸음을 옮기는데 발걸음 소리는커녕 아무런 기척조차 들리지 않았다.

공력이 일 갑자를 상회하고 거의 일류고수에 버금가는 수준인 나운상은 일부러 기척을 내지 않는 한 어떤 동작을 취해도 일체의 기척이 나지 않는다.

사십 년을 웃도는 공력인 기개세는 공력이 증진되고 무공이 고강해질수록 여러 변화가 생기고 있었다.

그중 하나가 나운상처럼 어딜 다녀도 기척을 내지 않는다는 사실이다.

일부러 그러는 것이 아니라 그 자신은 평소와 다름없이 행동하는데도 기척이 나지 않았다.

어느덧 두 사람은 재당과 서고, 전창 등을 지나 숙소인 양쪽 방문 앞에 섰다.

두 개의 방문 안에는 열 개씩의 임생도 각자의 방들이 늘어서 있다.

기개세는 오른쪽 방문을 쳐다보다가 몸을 돌려 왼쪽 방문을 쳐다보았다.

슥―

그러자 나운상이 즉시 왼쪽 방문을 열었고, 기개세는 안으로 들어섰다.

그가 왼쪽 방을 선택한 이유는 별다르지 않다. 남궁산이 기개세와 능소지 친구들의 거처인 오른쪽 방에는 볼일이 없을 것이라고 짐작했기 때문이다.

대정생도들의 거처인 십등전은 모든 시설이 완벽하게 갖추어져 있다.

그중에서도 특히 방음이 잘 돼 있어서 내부와 외부의 소리
를 거의 완벽하게 차단해 준다.

물론 그 이유와 목적은 외부의 소음으로부터 생도들의 무
공 연마와 학습을 보호하기 위해서다.

방 안은 그리 넓지 않은 아담한 공간이다. 그리고 그 앞에
열 개의 방이 좌우로 길게 늘어서 있다.

[주군.]

기개세가 두리번거리고 있는데 갑자기 나운상이 전음으로
그를 불렀다.

그가 쳐다보자 나운상은 정중앙에서 오른쪽으로 두 번째
방을 주시하면서 전음을 이었다.

[저 방에서 무슨 소리가 들려요.]

기개세는 그녀가 가리키는 방을 쳐다보면서 공력을 끌어
올려 청력을 돋우었다.

그러자 거친 숨소리와 흐느끼는 듯한 낮은 여자의 목소리
가 조그맣게 들려왔다.

그러나 그는 그것이 무슨 소리인지 정확하게 간파하지 못
하고 조금 더 귀를 기울였다.

그때 나운상이 그의 팔을 잡고 소리가 들려오고 있는 방 쪽
으로 끌면서 빠르게 다가갔다.

그 방문 앞에 이르자 방 안에서 흘러나오는 소리가 조금 더
또렷하고 크게 들렸다.

“하아… 아… 안 돼……. 이… 러지… 말아… 요…….”

그 소리를 듣는 순간 기개세는 그대로 온몸이 얼음처럼 굳
어버렸다.

‘옥군!’

흐느끼는 듯한 그 소리는 틀림없는 소옥군의 목소리다.

뻣뻣하게 굳은 채 얼굴 가득 놀라움을 떠올리고 있는 기개
세의 모습을 발견한 나운상은 더 이상 생각할 것도 없다는 듯
즉시 거칠게 방문을 열고 들이닥쳤다.

왈칵!

방문이 열리는 것과 함께 나운상은 방 안으로 득달같이 뛰
어들었고, 한발 늦게 정신을 차린 기개세가 구르듯이 달려들
어 갔다.

두 사람이 제일 먼저 본 광경은 벌거벗은 한 사내가 뒷모습
을 보인 채 침상에 엎드려 있는 광경이었다.

그리고 그 직후에 사내 아래에 깔린 채 누워 있는 벌거벗은
여자의 모습을 발견했다.

순간 기개세의 두 눈이 화등잔처럼 커지면서 시선이 여자
의 얼굴에 꽂혔다.

틀림없는 소옥군이다. 그런데 그녀가 지금 벌거벗은 몸으
로 사내의 몸 아래에 있는 것이었다.

벌겋게 달아오른 얼굴, 게슴츠레 풀린 눈에는 욕정이 어른
거리고, 반쯤 벌린 입에서는 뜨겁고도 달뜬 숨소리가 새어나

오고 있었다.

기개세는 바보가 아니다. 그는 한 번도 여자와 몸을 섞어본 적이 없지만 지금 자신이 보고 있는 광경이 무엇을 의미하는 지 정도는 한눈에 알 수가 있었다.

더 이상 볼 것 없다. 사내가 누군지 보고 싶지도 않다. 그저 가슴이 부서지면서 무너져 내리는 이 절망감에서 한시바삐 벗어나고 싶다는 간절한 마음뿐이었다.

그래서 소옥군 위에서 찍어 누르고 있는 사내가 놀란 얼굴 로 이쪽을 쳐다보고 있는 것을 기개세는 보지 못했다.

또한 소옥군이 두 손을 가슴 앞에 모으고 안간힘으로 사내 의 가슴을 밀어내고 있는 것도 발견하지 못했다.

기개세는 얼굴을 일그러뜨리면서 휙 몸을 돌렸다.

순간 나운상이 날카롭게 외쳤다.

"서랏! 남궁산!"

'남궁산?

기개세는 움찔하며 급히 몸을 돌렸다.

그의 눈에 벌거벗은 사내가 침상에서 신형을 날려 창문 쪽 으로 허공을 가로질러 쏘아가고 있는 광경이 들어왔다.

와장창!

사내는 창밖으로 쏘아나가고 그 뒤를 그림자처럼 나운상 이 뒤쫓아 나갔다.

기개세는 멍한 얼굴로 부서진 창을 우두커니 바라보았다.

'남궁산이었단 말인가?'

소옥군이 정사하고 있는 상대가 오대군림의 발장이며 기개세 자신에게 중상을 입히고 우연을 죽인 남궁엽의 맏형이라는 사실에 그는 또다시 충격을 받았다.

"하아… 하……."

문득 들려오는 가쁜 숨소리에 기개세는 고개를 돌려 침상을 쳐다보았다.

소옥군이 여전히 침상에 누운 채 할딱거리면서 뜨거운 숨결을 토해내고 있었다.

불결하다는 생각에 외면을 하고 싶었으나 이상하게도 그녀에게서 시선을 떼지 못했다.

그녀는 상체를 벌거벗었으나 하체는 조그만 속곳으로 소중한 부위만 가린 모습이다.

기개세는 그녀가 자신이 깔고 있는 요를 손으로 꼭 움켜잡고 있는 것과 몸을 바들바들 떨고 있는 것을 보았다.

그때 그녀가 기개세를 보면서 안타까운 표정을 지었다.

"하아아… 유영……. 어… 어서… 가요……."

기개세는 그녀의 눈에서 눈물이 흐르는 것을 발견했으나 그것이 그의 더러운 기분을 씻어주지는 못했다.

그는 몸을 돌려 방문으로 성큼성큼 걸어가면서 결심했다. 지금 이 시간 이후로 소옥군이라는 존재를 영원히 마음속에서 지워 버리기로.

그가 방문을 막 나서려고 할 때 뒤에서 나운상의 뾰족하고
도 급한 목소리가 들렸다.

"어딜 가시는 거예요?"

기개세는 대답할 기분이 아니라서 그냥 밖으로 나갔다.

"그녀는 춘약에 중독된 것 같아요."

뚝!

나운상의 말에 기개세는 걸음을 멈추고 뒤돌아보았다.

그녀는 침상 가에 우뚝 서서 소옥군을 자세히 굽어보며 말
을 이었다.

"동공이 확장되고 숨결에서 달착지근한 냄새가 나는 것으
로 미루어 춘약에 중독된 것이 틀림없어요."

그녀는 춘약에 당해본 적도, 당한 사람을 직접 본 적도 없
지만 강호에 대해서 많은 것들을 교육받은 덕택에 춘약에 대
해서도 지식을 갖고 있었다.

"춘약……."

기개세는 중얼거리면서 소옥군에게 다가갔다. 춘약에 중
독됐다면 여태까지 벌어졌던 모든 일들이 이해가 된다.

그는 무창성에서 망나니로 놀았기 때문에 춘약에 대해서
누구보다 잘 알고 있었다.

물론 한 번도 사용해 본 적은 없다. 그러나 그의 주위에 넘
쳐 나는 것이 춘약이었다.

그는 설마 소옥군이 춘약에 중독됐을 줄은 꿈에도 생각하

지 못했었다.

어째서 그런 간단한 생각조차 못했는지 자신이 한없이 아둔패기로 여겨졌다.

조금 전에 소옥군이 기개세에게 어서 가라고 한 것은 추한 꼴을 보이기 싫었기 때문일 것이다.

필경 남궁산이 소옥군을 춘약으로 중독시키고 겁탈하려고 했을 것이다.

그런데 정말 하늘이 도와서 그녀가 변을 당하기 직전에 기개세와 나운상이 들이닥쳤다.

"하아아… 하아……."

그즈음 소옥군의 얼굴은 피를 뒤집어쓴 것처럼 시뻘겋게 달아올랐다.

온몸이 불덩어리처럼 뜨거워져서 두 손으로 자신의 젖가슴을 거세게 움켜쥐고 몸부림쳤다.

"군아……."

그런 줄도 모르고 그녀를 더럽다고 오해했던 기개세는 가슴을 도려내는 것 같은 자책을 느꼈다.

"하악… 하아… 유영… 영……."

소옥군은 흰자위가 사라지고 시뻘겋게 충혈이 된 눈으로 기개세를 바라보며 헐떡였다.

"하악…… 가……. 어서… 가……."

그렇게 말할 때 그녀의 눈이 약간 맑아지는 것 같았으나 곧 더욱 붉게 변했다.

기개세는 심장을 주먹으로 힘껏 움켜쥔 것 같은 쥐어짜는 듯한 느낌을 받았다.

지금 춘약이 소옥군의 온몸과 정신을 완전히 지배하고 있다는 사실은 그녀의 모습을 보면 너무도 잘 알 수 있었다.

그런 상태면 이미 완전히 제정신을 잃고 마치 발정난 암캐처럼 미쳐 날뛰어야 한다.

그런데도 소옥군은 온몸을 바들바들 떨면서 춘약과 싸우고 있는 중이었다.

그러면서도 자신의 추한 모습을 보이지 않으려고 필사적으로 기개세에게 어서 가라고 말하는 것이다.

"주군, 이대로 놔두면 이 여자는 일각 안에 죽어요."

나운상이 초조한 표정으로 말하지 않아도 기개세는 그 사실을 잘 알고 있었다.

소옥군의 눈에는 이제 아무것도 보이지 않는 듯했다. 허우적거릴 힘조차 없어서 온몸을 늘어뜨린 채 가쁜 숨만 헐떡이고 있을 뿐이다.

"춘약 해독하는 방법을 말씀드릴게요."

"알고 있다."

"네? 어떻게……."

나운상은 의아한 표정을 지었다가 곧 그의 말을 이해했다. 그는 자신이 예전에 개망나니였었다고 말했다. 그렇다면 춘약쯤은 잘 알고 있을 것이다.

많은 종류의 춘약이 있으나 목적은 한 가지다. 여자를, 그리고 드물게는 남자를 강제로 범하기 위해서다.

그러므로 춘약은 오로지 그 목적에만 충실한 물건이다. 즉, 성욕을 풀지 못하면 끝내 체내의 피가 역류하여 칠공에서 피를 쏟으면서 죽게 만든다.

중독된 상대로 하여금 반드시 정사를 치르게끔 유도하는 악랄한 물건이 춘약인 것이다.

다시 말해서 춘약을 해독하는 방법은 두 가지뿐인데, 해독약을 먹이는 것과 정사를 통해서 춘약의 독성을 해독시키는 방법이다. 체내의 폭발할 것 같은 음기를 양기로 다스린다는 이치다.

아니, 대부분의 춘약은 아예 처음부터 해독약이 없기 때문에 정사를 통한 해독 방법이 유일하다고 할 수 있었다.

"저는 호법을 설 테니 서둘러 치료하세요."

나운상이 기개세를 지나쳐 방문으로 가며 나직하게 말했다.

기개세가 소옥군과 몸을 섞음으로써 그녀를 치료하라는 뜻이다.

그녀도 그 길만이 춘약에 중독된 사람을 살리는 유일한 방법이라 알고 있었다.

그녀가 방을 나가려고 할 때 기개세가 가라앉은 목소리로 입을 열었다.

"나갈 필요 없다."

"어째서……."

나운상은 방문 앞에서 뒤돌아서며 의아한 표정을 지었다.

그러나 기개세는 대답하지 않고 손을 뻗어 소옥군의 손목 완맥을 잡았다.

진맥을 해보자 과연 그녀의 체내에서 음기가 폭발 직전까지 이른 상태다.

"학학학… 유… 영… 어… 어서……."

소옥군의 얼굴은, 아니, 몸 전체는 이제 핏덩어리처럼 시뻘겋게 변해 있었다.

그녀는 가쁜 숨을 격렬하게 몰아쉬면서 또다시 기개세의 이름을 불렀다.

하지만 이번에는 기개세더러 가라는 뜻이 아니라 그를 향해서 두 팔을 뻗으며 안으려고 허우적거렸다.

정갈함과 고결함 그 자체인 소옥군이지만 하찮은 춘약이 끝내 그녀를 색녀로 둔갑시켜 버렸다.

기개세는 소옥군의 손목을 놓고 복잡한 표정으로 잠시 생각에 잠겼다.

간이 큰 나운상이지만 적잖이 당황했다. 기개세가 나가지 못하게 한 이유가 이곳에서 자신과 소옥군의 정사를 지켜보라는 뜻으로 해석했기 때문이다.

하지만 기개세의 말은 곧 절대명령이다. 죽으라고 해도 그 즉시 죽어야 할 나운상으로서 거역은 꿈도 꾸지 못한다.

그녀는 바짝 긴장하여 기개세 뒤에 섰다. 이제 곧 벌어질 기개세와 소옥군의 정사를 코앞에서 생생하게 봐야 한다는 사실 때문에 극도의 긴장이 온몸을 감쌌다.

십칠 년 동안 순결지신을 지켜온 그녀는 당연한 일이지만 다른 사람의 정사를 본 적이 한 번도 없었다.

얼마 전에 우연치 않게 기개세의 거대한 음경과 씨름을 했던 것이 남성과 접해본 최초의 일이다.

그때 기개세가 오른손을 들어 올려 앞으로 뻗었다.

스으으…….

그러자 그의 오른손이 손목까지 투명한 옥수로 화해서 싸늘한 투명광을 뿌려냈다.

"……."

그 광경을 보고 나운상은 눈을 동그랗게 뜨며 경악했다. 사람의 손이 투명한 옥수로 변하는 광경을 난생처음 보기 때문이다.

"상아, 군아의 혼혈을 제압해라."

"네? 아… 네."

정신이 반쯤 나가 있던 나운상은 깜짝 놀라 급히 소옥군의 옆머리와 목덜미 두 군데 혈도를 제압했다.

그러자 소옥군은 들썩거리던 몸이 축 늘어지고 가쁘게 몰아쉬던 숨결도 잦아들었다.

혼혈을 제압하여 잠들게 한다고 해서 춘약 중독에서 자유로워지는 것은 아니다.

그것하고는 상관없이 춘약은 계속 그녀의 혈맥을 팽창시키다가 끝내 터뜨리고 말 것이다.

기개세는 지난번에 자신을 암습했던 만삼고수가 극빙지기로 인해서 온몸이 얼어붙었을 때 그의 머리에서만 극빙지기를 흡수하여 정신을 비몽사몽으로 만들어서 심문에 성공했던 적이 있었다.

그 당시에 그는 극빙지기를 어느 정도 마음먹은 대로 활용할 수 있다는 사실을 깨달았다.

그래서 지금도 극빙지기로써 소옥군의 음기를 몰아낼 생각인 것이다.

그가 진맥을 해본 결과 춘약의 음기와 약 기운은 소옥군의 전신에 퍼져 있는 상태였다.

그것을 한곳으로 몰아서 배출시킬 수 있으면 춘약을 해독할 수 있다는 것이 그의 생각이었다.

그의 오른손 옥수는 차츰 광채가 사라지더니 흐릿하게 손의 형태만 보였다. 옥수가 절정에 달했다는 증거다.

그는 옥수를 활짝 펼친 채 뻗어 소옥군의 정수리를 덮었다.

그렇게 다섯 호흡쯤 있다가 천천히 옥수를 내려 그녀의 얼굴을 덮고 아주 느릿하게 아래로 훑어 내렸다.

'아!'

그의 손이 소옥군의 얼굴에서 미끄러져 내려 목을 조르듯이 부드럽게 감싸자 지켜보고 있던 나운상은 깜짝 놀라 속으로 탄성을 터뜨렸다.

옥수로 덮기 전까지만 해도 핏물을 뒤집어쓴 것처럼 새빨갛던 소옥군의 얼굴이 지금은 눈처럼 하얀 본래의 피부색을 되찾은 것이다.

'도대체 저 옥수가 무엇이기에…….'

나운상은 자세히는 모르지만 옥수로 인해서 소옥군의 핏빛 얼굴이 하얘졌을 것이라고 생각했다.

옥수는 소옥군의 얼굴에 이어서 목도 본래의 혈색으로 만들고 어깨로 내려왔다.

기개세의 옥수는 마치 요술을 부리는 것 같았다. 천천히 쓰다듬듯이 스쳐 지나가기만 하면 핏빛 살결이 눈부신 빙기옥결로 변했다.

겉보기에는 옥수가 소옥군의 몸을 느릿하게 스치는 것 같지만 실상은 극빙지기가 주입되어 음기와 약 기운을 아래쪽으로 몰아내고 있는 것이었다.

소옥군의 양쪽 어깨가 눈부시게 빛나는 백옥으로 환원되자 옥수가 이번에는 그녀의 젖가슴을 덮었다.

기개세는 소옥군의 엉덩이를 많이 만지고 이따금씩 젖가슴도 슬쩍슬쩍 넘보기는 했지만 이런 식으로 벌거벗은 몸을 대놓고 주무르기는 처음이었다.

소옥군은 평소 몸에 딱 붙지 않는 헐렁한 옷을 입기 때문에 겉으로 봐서는 젖가슴이 어느 정도 크기인지 제대로 알지 못한다.

그런데 드러난 실제 젖가슴은 꽤 크고 단단했으며 탄력이 넘쳤다.

그러나 지금 이 순간의 기개세는 평소에 그토록 만져 보고 싶어했던 소옥군의 젖가슴을 맨살로 직접 주무르고 있으면서 추호도 사심을 품고 있지 않았다.

만약 사심을 품는다면 마음이 흐트러져서 치료는커녕 주화입마에 빠질 수도 있는 상황이다.

하지만 그것 때문이 아니라 그저 사심이 생기지 않았다. 지금은 오로지 소옥군을 치료하는 일에만 전념할 뿐이었다.

춘약의 음기와 약 기운은 소옥군의 온몸 구석구석 실핏줄 끝까지 가득 퍼져 있는 상태다.

기개세는 눈도 깜빡이지 않은 채 심혈을 기울이고 있었다.

그의 손바닥 안에 풍만하고도 탄력있는, 그리고 춘약 때문에 뜨거워진 소옥군의 젖가슴이 가득 찼다.

스으.

손가락 끝으로 팥알만 한 유두를 스치면서 옥수가 아래로 미끄러졌다.

옥수가 한 번 스쳐서 본래의 피부색으로 만든 곳은 두 번

다시 붉어지지 않았다.

　복부를 끝내고 소옥군의 몸을 뒤집은 후 머리에서 둔부와 허벅지까지 옥수로 훑어 내렸다.

　그다음에는 발끝에서 위로 훑어 올렸다.

　이윽고 소옥군의 체내에 만연했던 춘약에 의한 모든 음기와 약 기운은 하복부, 즉 자궁과 막창자에 모였다.

　"상아, 속곳을 벗겨라."

　처음부터 눈도 깜빡이지 않은 채 아름답고 커다란 눈을 동그랗게 뜨고 잔뜩 놀란 표정으로 지켜보던 나운상은 그즈음에는 상황이 어떻게 돌아가는 것인지 알 수 있었다.

　그녀는 즉시 소옥군의 속곳을 벗기고 헝겊을 여러 겹으로 접어서 두툼하게 만든 후 둔부 아래에 깔았다. 그리고는 다리를 되도록 넓게 벌렸다.

　기개세는 손가락을 붙여서 곧게 편 옥수를 나운상에 의해서 활짝 벌려진 소옥군의 둔부 아래로 밀어 넣고는 무성한 수풀 위로 덮었다.

　이어서 사십 년을 약간 웃도는 공력을 옥수에 모두 주입시키면서 흡자결을 전개했다.

　그러자 소옥군의 아랫배에서 꾸르륵거리는 기이한 소리가 흘러나왔다.

　푸욱!

　그리고는 무언가 터지는 듯한 소리와 함께 그녀의 음부와 항문을 통해서 어떤 액체가 쏟아져 나왔다.

잠시 후 기개세가 손을 떼자 그의 손과 소옥군의 둔부 아래에 깔아둔 헝겊에 거무스름한 액체가 진득하게 묻었는데 매우 심한 악취가 풍겼다.

나운상은 재빨리 방의 여기저기를 뒤져서 깨끗한 천을 충분히 가지고 돌아와 직접 기개세의 손을 닦으려고 천을 쥔 손을 내밀었다.

그러자 기개세는 그녀를 보며 빙그레 미소 지었다.

"얼음덩어리가 되고 싶은 게냐?"

"아……."

나운상은 깜짝 놀라 부지중 손을 움츠렸다.

기개세는 그녀의 손에서 천을 받아 손을 닦고 나서 다시 새 천을 받아 소옥군의 음부로 가져갔다.

그의 의도를 짐작한 나운상이 급히 다가섰다.

"소녀가 하겠어요."

그녀는 담신기와 함께 있을 때는 자신을 '속하'라고 하면서, 기개세와 단둘이 있을 때에는 '소녀'라고 칭했다.

"괜찮다. 내가 하마."

기개세는 묵묵히 소옥군의 소중한 부위를 손수 깨끗이 닦았다. 다른 뜻은 없다. 단지 그녀의 몸에 다른 사람의 손길을 닿게 하고 싶지 않았을 뿐이다.

이어서 침상 아래에 흩어져 있는 소옥군의 옷을 조심스럽게 그녀에게 다 입혔다.

그 광경을 보면서 나운상은 그가 소옥군을 몹시 사랑하고 있음을 깨달았다.

어떤 특별한 장면 때문이 아니다. 그의 정성스러운 손길과 진지한 표정, 엄숙한 분위기가 나운상으로 하여금 그렇게 깨달도록 만들었다.

이윽고 기개세는 허리를 펴고 나서 물끄러미 소옥군을 굽어보았다.

본래의 혈색을 되찾고 옷을 평소처럼 차려입은 그녀의 모습은 언제나 그렇듯이 눈부시게 아름다웠다.

조금 전까지 그녀가 보여주었던 여러 행동들이 한바탕 꿈을 꾼 것처럼 느껴질 정도다.

"상아, 오늘 있었던 일은 아무에게도 발설하지 마라."

"네."

담신기가 있을 때에는 '존명' 이라고 하던 그녀가 지금은 그저 다소곳이 '네' 라고 대답한다. 그러는 이유는 그녀 자신만이 알고 있을 터이다.

"군아에게도."

"알겠어요."

기개세는 소옥군의 얼굴과 턱, 어깨의 네 군데 혈도를 가볍게 누르고 돌아섰다.

"가자."

　방금 그가 누른 혈도는 소옥군이 일다경 후에 깨어나도록 하는 수법이며, 낙성검가의 성라점혈수에 들어 있는 점혈 수법 중 하나다.

　그가 방문으로 향하자 나운상은 소옥군을 잠시 바라보다가 급히 달려가 방문을 열어주었다.

　두 사람이 아래층으로 내려가기 위해서 계단으로 왔을 때까지도 그곳을 지키고 있어야 할 임정고수는 보이지 않았다.

　"어디로 가시나요?"

　임생전을 나서자 나운상은 기개세 옆에 바짝 붙어서 걸으며 물었다.

　"정법장로(正法長老)에게 가자."

　나운상은 기개세를 바라보다가 흠칫 놀라고 말았다.

　그의 얼굴은 얼음보다 더 차디차게 굳어 있었다.

第五十七章

가루라염(迦樓羅炎)

“그런 일이 있었단 말인가?”

정법장각을 방문한 기개세의 짧은 설명을 듣고 난 정법장로의 얼굴이 돌처럼 굳어졌다.

집무를 보는 당궤(唐机:책상) 앞에 앉은 정법장로는 당궤 너머 의자에서 이쪽을 보고 꼿꼿한 자세로 앉아 있는 기개세를 날카롭게 주시했다.

기개세의 말을 의심한다거나 의중을 캐보려고 주시하는 것이 아니라, 정법장로는 원래 눈빛이 날카롭고 표정의 변화가 거의 없는 사람이다.

정법장로의 시선이 기개세에게서 그 뒤에 우뚝 서 있는 나운상에게 향했다.

나운상의 모습은 누가 보더라도 기개세를 호위하고 있는 것 같았다. 즉, 기개세의 수하로 보인다는 뜻이다.

얼마 전부터 기리단금(其利斷金)하는 사이처럼 붙어 다니기 시작한 대정숙 사상 이십칠 번째와 이십팔 번째의 만점자 두 사람이 느닷없이 정법장로를 찾아와서 거짓말을 늘어놓을 리가 없다.

아니, 두 명의 만점자가 아니라 평범한 대정생도가 찾아와서 똑같은 말을 하더라도 그대로 믿을 정법장로다.

"알겠네. 즉시 알아보고 조치를 취하겠네."

"그럼."

정법장로의 확답을 받자 기개세는 일어나 공읍을 취한 후 몸을 돌려 집무실을 나왔다.

기개세를 뒤따르는 나운상은 그가 어째서 정법장로에게 임생전 이층에 정법고수, 즉 임정고수가 없다는 말만 하고 남궁산이 소옥군을 겁탈하려고 했던 일은 말하지 않았는지 이해하지 못하는 표정을 지었다.

그러나 그녀의 의문은 길지 않았다.

정법장각을 나선 기개세는 그 길로 곧장 정경장로의 집무실인 정경장각으로 향했다.

불쑥 찾아온 기개세를 정경장로는 반가운 얼굴로 맞이했다.

두 번의 습격 사건으로 인해서 두 사람은 몇 차례 만날 기회가 있었다.

그때마다 기개세가 정경장로에게 불손하게 행동하며 심지어는 퇴교를 당해도 할 말이 없을 정도의 지나친 행동도 마다하지 않았으나, 정경장로는 그에게 벌을 주기보다는 오히려 호감을 갖게 되었다.

정경장로와 당궤를 가운데 놓고 마주 앉은 기개세는 조금 전에 정법장로를 만났을 때처럼 불문곡직 본론부터 말했다.

"남궁산이 임생도 소옥군에게 춘약을 먹이고 겁탈하려다가 실패하고 도주했습니다."

물론 내용은 판이하게 다르다.

"음?"

기개세가 무슨 바람이 불어서 자신을 찾아왔을까 나름대로 생각하고 있던 정경장로는 예상치도 못했던 말에 가볍게 안색이 변했다.

"그 남궁산인가?"

"그렇습니다."

'그 남궁산' 이라는 것은, 기개세를 암습하여 중상을 입히고 우연을 죽인 남궁엽의 맏형 남궁산이냐는 뜻이다.

기개세는 남궁산이 소옥군에게 춘약을 먹이고 겁탈하려 했던 것을 단순한 '겁탈' 로만 보지 않았다.

소옥군의 미명이 천하에 자자하고 대정숙 내에서 나운상

과 더불어 최고의 아름다움을 다툴 정도라고 해도, 오대군림
의 발장인 남궁산 정도 되는 인물이 추잡한 춘약을 이용하여
겁탈 따위의 비열한 짓을 한다는 것은 쉽사리 납득이 되지 않
는 일이었다.

그 일에는 남궁엽이 기개세를 암습한 것과 깊은 연관이 있
을 것이라고 기개세는 판단했다.

그리고 경륜이 풍부한 정경장로는 기개세의 말을 듣자마
자 그와 똑같은 생각을 했다.

정경장로는 진지한 표정으로 고치면서 기개세를 채근했
다.

"자세히 설명해 보게."

기개세는 서두르지 않고 자신이 직접 본 일들을 차분하게
설명했다.

"남궁산 생도가 도주했다면 소옥군 생도는 어찌 되었는
가?"

대정생도의 안위를 최우선으로 여기는 정경장로로서는 당
연한 질문이다.

"무사합니다."

"춘약에 중독된 것은?"

"치료했습니다."

정경장로는 기개세가 정사를 통해서 소옥군을 살렸을 것
이라고 짐작했다. 그것이 가장 잘 알려진 보편적인 방법이기

때문이다.

기개세는 정경장로가 어떻게 생각하든 개의치 않는 듯 더 이상의 설명을 하지 않았다.

하지만 기개세가 정사를 통해서 소옥군을 치료했을 것이라고 정경장로가 추측한다는 사실이 나운상을 못마땅하게 만들었다.

그것이 왜 자신을 불쾌하게 만드는지에 대해서는 미처 깨닫지 못한 채, 기개세가 그것에 대해 설명하지 않는 것이 불만스러웠다.

그렇지만 그녀는 그것을 감수할 수밖에 없었다. 기개세가 소옥군을 어떤 방법으로 치료했는지를 정경장로가 알게 되면 골치 아파지기 때문이다.

아마 그런 이유 때문에 기개세는 자세히 설명하지 않았을 것이다.

"잠시 기다려 주겠나?"

정경장로는 기개세에게 말하고 나서 급히 방을 나갔다가 반 각쯤 후에 돌아왔다.

기개세와 나운상은 그가 남궁산에 대해서 조치를 취하고 왔을 것이라고 짐작했다.

기개세는 정경장로가 무엇 때문에 기다리라고 했는지 알고 있기 때문에 거기에 대해서 어떻게 말을 할 것인가를 머릿속으로 생각하고 있었다.

그 자신은 미처 깨닫지 못하고 있었지만, 대정숙에 입교한 이후에 일어난 여러 가지 사건들과 대정숙에서의 교육에 의하여 그는 급속도로 빠르게 발전하고 있는 중이었다.

그와 동시에 그가 십칠 년 동안 간직하고 있던 천부적인 잠재력을 일깨우는 한편, 사부 절대검황 독고성으로부터 물려받은 여러 기연들을 차근차근 자신의 것으로 계발하여 축적하고 있었다.

그중에서도 가히 괄목할 만한 발전은 바로 '생각' 이다.

깊고도 넓게, 그리고 한꺼번에 많은 것들을 생각할 수도 있으며, 차곡차곡 쌓아가고 있는 학문적 지식과 경험을 밑바탕으로 정확한 결론과 방법을 이끌어낼 수 있게 되었다.

정경장로가 기다리라고 한 이유는 물론 어떻게 대답을 해야 그의 도움을 최대한 이끌어낼 수 있을 것인가 하는 것까지 궁구할 능력을 가지게 되었다.

"자네는 무엇 때문에 남궁산 생도를 만나려고 했었나?"

정경장로쯤 되는 노련한 인물이 그것을 놓칠 리가 없다.

기개세는 이미 그 물음에 대해서 어떻게 대답할 것인지 생각해 놓았으나 즉시 대답하지 않았다. 자신의 뛰어남을 일부러 돋보이게 할 필요가 없었기 때문이다.

튀어나온 못이 망치를 맞는 법이다. 그러므로 일부러 뛰어나게 보이려고 애쓸 필요는 없는 것이다.

그는 잠시 생각하는 듯 하다가 말문을 열었다.

"남궁산, 아니, 남궁세가가 길상만교하고 연관이 있지 않을까 하는 것에 생각이 미쳤기 때문에 그를 만나서 슬쩍 떠보려고 한 것입니다."

기개세가 지난번처럼 '사사로운 일입니다' 라면서 대답을 회피할지도 모른다고 생각했던 정경장로는 그가 순순히 대답하자 의외라는 표정을 지었다.

그리고 그의 대답 '길상만교와 남궁세가의 연관성' 은 정경장로도 생각하고 있던 바여서 별로 놀라지 않았다.

그의 추측은 이렇다. 원래 남궁세가는 낙성검가에게 원한이 있으며, 그것 때문에 남궁세가가 길상만교에게 청부하여 기개세를 살해하려고 했다.

그런데 그것이 실패하자 이번에는 남궁세가가 직접 나서서 기개세를 죽이려고 했는데 그마저도 실패했다.

남궁산이 소옥군을 겁탈하려고 한 것은, 그녀를 수중에 넣어 기개세를 죽이는 도구로 삼으려던 것이었는데 결국 그것도 당사자인 기개세에 의해서 무위로 그치고 말았다.

말하자면 그는 남궁세가와 낙성검가의 원한 관계로 단정하고 있는 것이었다.

"자네 가문과 남궁세가 사이에 묵은 원한이 있는 겐가? 아니면 남궁세가가 자네 한 사람에게 원한이 있는 것인가?"

남궁세가가 유독 기개세만 죽이려고 하기 때문이다.

기개세는 지금까지 밝혀진 증거로는 정경장로가 그렇게

추리하는 것이 한계일 것이라고 생각했다.

하지만 기개세는 길상만교와 남궁세가가 자신을 죽이려고 하는 이유를 정확하게 알고 있었다.

그가 천검신문의 문주이기 때문이다. 그래서 태문주가 되기 전에 죽이려는 것이다.

그렇다면 남궁세가와 길상만교는 머지않아서 천하무림에 대혈풍을 몰고 올 암중 세력에 포섭된 끄나풀쯤 될 것이다.

그러므로 기개세가 지금부터 해야 할 일은, 끄나풀이 끊어지지 않도록 최대한 조심하면서 배후를 캐내는 일이었다.

성공한다면 장차 대혈풍을 일으킬 암중 세력이 어디인지 알아낼 수 있을 것이다.

"본 가의 원한이 아닙니다."

"그럼 뭔가?"

그럴 것이라고 거의 믿고 있던 정경장로는 조금 맥이 빠지는 표정을 지었다.

기개세는 약간 짙은 검미를 슬쩍 찌푸리면서 잠시 고민하다가 곧 결정을 내렸다.

"이제부터 장로께서 제 편이 되어주셔야겠습니다."

"자네 편이라……. 허헛! 원래 대정숙의 모든 정도고수는 대정생도의 편일세."

기개세의 말뜻이 무엇인지 짐작하면서도 정경장로는 조금 더 구체적인 말을 이끌어내기 위해서 너스레를 떨었다.

기개세는 꼿꼿한 자세에 단아한 표정을 유지했다.

"대정숙 내에서 암중비약(暗中飛躍)하고 있는 세력을 색출해서 잡아내야 합니다."

정경장로는 어이없다는 표정을 지었다가 곧 엄숙한 얼굴로 바뀌었다.

"잘못을 저지른 사람은 남궁산 생도와 그의 동생인 남궁엽 생도 두 사람뿐이거늘, 자넨 마치 대정숙 내에 악의 세력이라도 웅크리고 있는 것처럼 말하는군."

"그렇게 들으셨다면 제 뜻이 제대로 전달되었군요."

"뭐라?"

"길상만교와 남궁세가는 저를 죽이려고 하는 조직의 하수인일 뿐입니다."

육십오 세의 정경장로는 희끗희끗한 반백의 눈썹을 살짝 찌푸렸다. 기개세가 사건을 너무 비약시키고 있었기 때문이다.

그는 기개세에게 호감을 느끼고 있는 정도이지 그가 무슨 짓을 하고 어떤 말을 하더라도 모두 용납하고 이해할 정도는 아니었다.

정경장로는 조금 더 인내심을 발휘하기로 했다.

"그러니까 자네 말은 길상만교와 남궁엽이 자네를 죽이려고 했던 이유가 가문끼리의 원한이 아니라 오직 자네 한 사람을 죽이기 위해서라는 것이로군?"

“그렇습니다.”

“또한 자넬 죽이려는 조직이 대정숙 내에 남궁산 외에 또 다른 암살자들을 포섭했고, 그자들이 앞으로도 자넬 계속 죽이려고 할 것이라는 뜻인가?”

“맞습니다.”

정경장로는 기개세가 말한 내용을 정리해서 하나씩 질문을 하게 되면 그가 얼마나 터무니없는 주장을 하고 있는지 스스로 깨닫게 될지도 모른다는 생각을 했다.

그런데 문답이 오고 가는 동안에 오히려 정경장로가 ‘어쩌면 이 아이가 한 말들이 사실일지도 모르겠군’ 이라는 생각을 하게 되었다.

그 이유는 기개세의 의연하면서도 진중한 태도 때문이었다.

아니, 그것으로는 설명이 부족하다. 정경장로는 기개세에게서 기이한 기운이 뿜어지고 있으며, 자신이 그것에 조금씩 압도당하고 있는 듯한 얼토당토않은 느낌을 받고 있었다.

‘이게 무슨……’

어이가 없다는 생각 때문에 그는 다음 말을 하기 위해서 잠시 숨을 골라야만 했다.

기개세는 정경장로를 자신의 사람으로 만들려고 결정을 내린 이상 대화를 길게 끌고 싶은 생각이 없었다.

그래서 그의 표정이 여태까지보다 조금 더 엄숙해졌다.

"대정숙은 하나의 목적을 이루는 과정입니다. 장로께선 그 목적이 무엇이라고 생각하십니까?"

뜬금없는 질문이지만 정경장로는 조금 전보다 더 자신을 위압하고 있는 기개세의 기도 때문에 이끌리듯이 대답했다.

"무림의 평화일세."

기개세는 가볍게 고개를 끄덕였다.

"나는 장차 그것을 이루게 될 사람입니다."

"……!"

실로 광오하기 짝이 없는 말이라서 정경장로는 할 말을 잃고 말았다.

그는 지금까지 기개세에게 품었던 기이한 감정이 그 말 때문에 한순간에 무너지는 것을 느끼면서 입을 열었다.

"자네가……."

그러나 무너지고 있던 감정은 무너질 때보다 더 빨리, 그리고 더 굳건하게 다시 세워졌다.

보라. 꼿꼿한 자세로 앉아 있는 기개세를 중심으로 뒤쪽에, 아니, 그의 몸 주위에 마치 부처의 광배(光背) 같은 영롱하면서도 장중한 서기(瑞氣)가 부챗살처럼 펼쳐져 있는 것이 아닌가.

"……!"

정경장로는 헛것을 보는가 싶어서 눈을 꾹 감았다가 다시 봤으나 서기는 방금 전보다 더 찬란하게 변해 있었다.

일순 그의 온몸에 소름이 쫙 돋았고 뜨거운 그 무엇이 등골을 파도처럼 훑고 지나갔다.

기개세의 그런 모습은 그의 기억 속에 잠들어 있던 어떤 광경을 일깨웠다.

'맙소사……. 가루라염(迦樓羅炎)이란 말인가…….'

'가루라'는 불경에 나오는 거대한 금빛 날개에 이마에는 여의주가 박혔으며, 입으로는 화염을 뿜어내고 용을 잡아먹는다는 전설의 새다.

그 가루라가 두 날개를 활짝 펼치면 금빛 찬란한 광채가 뿌려지는데, 그것이 곧 부동명왕(不動明王)의 몸 주위에 펼쳐지는 광배다. 그래서 가루라염이라고 한다.

팔대명왕(八大明王) 중 으뜸이 부동명왕이다.

그런데 정경장로는 기개세 몸 주위에 펼쳐져 있는 찬란한 광배를 대하고는 그것이 부동명왕의 가루라염이라고 생각한 것이다.

헛것을 보고 있는 것이 아니다. 그렇다고 기개세가 사술을 사용하고 있는 것도 아니었다.

헛것이나 사술은 대정숙의 한 귀퉁이 기둥을 자처하고 있는 정경장로의 깊은 수양심 앞에서는 맥을 못 춘다.

그런데 그 가루라염은 정경장로의 눈에 보이고 있었다.

나운상은 정경장로가 왜 갑자기 얼굴 가득 놀라움을 떠올리고 눈이 부신 듯한 모습으로 기개세를 쳐다보는 것인지 이유를 알지 못했다.

그것은 기개세도 마찬가지다. 그는 자신의 몸 주위에 가루라염이 펼쳐졌다는 사실을 모른 채 그저 진중하면서도 엄숙한 표정을 짓고 있을 뿐이었다.

그러나 사실 그것은 기개세가 복용한 사부 독고성의 내단이 발휘하는 신비한 현상이었다.

절대검황 독고성은 내단에 공력만 담은 것이 아니라 자신의 혼(魂)과 기세(氣勢)까지도 주입시켰던 것이다.

바로 그 혼과 기세가 기개세의 위엄을 빌어 가루라염으로 표출된 것이다.

한순간 실내 가득 찬란한 금광을 흩뿌리던 가루라염이 씻은 듯이 사라졌다.

잠시 동안 꿈을 꾼 듯한 기분이었던 정경장로는 정신을 추스르려 애쓰면서 기개세가 마지막으로 했던 말을 기억해 냈다.

"자네가 장차 무림의 평화를 이룰 사람이란 말인가?"

정경장로는 모르고 있었지만, 언제부턴가 그는 자세를 똑바로 하고 어투도 정중하게 변해 있었다.

"그렇습니다."

기개세의 차분한 대답에 정경장로는 고개를 설레설레 가로저었다.

"천하에 그렇게 말할 수 있는 사람은 아무도 없네."

“있습니다.”

정경장로는 쓸쓸한 미소를 머금었다.

“허허… 억지를 부릴 텐가?”

그때 나운상이 발로 바닥을 가볍게 쿵 구르면서 나직하게 꾸짖었다.

“장로는 장님이시오?”

정경장로는 이건 또 무슨 소린가? 하는 얼굴로 나운상을 쳐다보았다.

“노부더러 장님이라니, 그게 무슨 말인가?”

그러나 나운상은 서릿발 같은 얼굴로 일갈했다.

“눈앞에 태양을 두고도 알아보지 못하니 장님이 아니고 무엇이란 말이오?”

“태양……?”

정경장로는 시선을 나운상에게서 기개세로 옮겼다.

그때 별안간 그의 머릿속에서 커다란 폭죽이 터지듯 어떤 사실들이 한꺼번에 깨달아졌다.

나운상과 담신기가 기개세를 ‘주군’이라 받들면서 자신들을 ‘종’이라고 낮추는 것.

조금 전에 기개세에게서 부동명왕의 가루라염이 보였던 것.

그리고 자신이 ‘무림의 평화를 이룰 사람’이라는 기개세의 말이 그것이다.

후드드득!

순간 어떤 사실에 생각이 미친 정경장로가 갑자기 몸을 세차게 떨었다.

그러면서 그는 자신도 모르는 사이에 부스스 자리에서 일어나고 있었다.

그리고 그의 입에서 신음처럼 흘러나오는 말.

"설마… 천검신문이란… 말인가……?"

그는 자신의 중얼거림에 움찔 놀랐다. 너무도 오랫동안 잊혀져 있던 전설의 이름이 새삼스러웠기 때문이다.

나운상이 상체를 꼿꼿하게 펴면서 더할 수 없이 엄숙한 표정과 목소리로 입을 열었다.

"예를 갖추시오. 천검신문의 문주시오."

정경장로는 그저 몸을 후들후들 떨 뿐 제정신을 차릴 수가 없어서 예를 갖출 수가 없었다. 나운상의 목소리가 먼 곳에서 들려오는 메아리 같았다.

지금 정경장로의 눈앞에서 벌어지고 있는 일이 사실이라면, 그는 현세에서 천검신문의 문주를 최초로 배알하는 인물이 되는 것이다.

그의 머릿속에서는 기개세를 처음 만나고부터 조금 전까지의 일들이 주마등처럼 빠르게 떠올랐다가 사라졌다.

그리고 결론이 내려졌다. 자신의 앞에 의연히 앉아 있는 사람은 의심할 여지가 없는 천검신문의 문주다. 확인할 필요도 없다.

'오오…이런 일이……!'

정경장로는 눈이 부신 듯, 그리고 더할 수 없이 감격한 표정을 얼굴 가득 떠올린 채 기개세를 쳐다보았다.

만약 이것이 사기라면 대정숙의 장로를 멋지게 속여먹은 대사기극이 될 것이다.

하지만 정경장로는 자신의 눈과 귀, 그리고 오랜 경험에 의한 판단을 믿는다.

이윽고 이날까지 오직 사부 앞에서만 굽혀졌던 그의 무릎이 서서히 꺾였다.

그는 무릎을 꿇고 이마를 바닥에 대며 최대한 납작한 자세를 취했다.

"무림말학 장가서(張可瑞)가 천문주(天門主)를 뵈옵니다."

지금 정경장로 장가서는 십칠 세 소년이 아닌 대대로 무림을 지켜온 천하제일문 천검신문의 천문주에게 부복하고 있는 것이다.

예로부터 무림인들은 천검신문의 문주를 '천문주', 즉 '하늘의 문주'라고 호칭했다.

원래 천검신문의 후계자일 때는 '문주'이고 정식으로 위(位)에 올라야지만 '태문주'가 되지만, '천문주'라는 호칭은 '문주'와 '태문주' 둘 다 아우른다.

"일어나십시오."

기개세가 의연히 말하자 장가서는 조심스럽게 일어나 감히 고개를 들지 못하고 시립하는 자세를 취했다.

"앉으십시오."

"소인이 어찌……."

기개세의 권유에 장가서는 황망히 손을 내저었다.

그러자 기개세가 조용히 말했다.

"나는 아직 대정생도입니다. 수료하기 전에는 생도로서 대우해 주십시오."

장가서는 적이 놀라고 감탄하는 얼굴로 조심스럽게 기개세를 쳐다보았다.

무림뿐만이 아니라 천하인에게 황제보다 더 고귀한 존재로 인식되어 있는 천문주가 자신을 낮추며 겸손하니 장가서로서는 그저 감읍할 뿐이었다.

"또한 장로께서 앉지 않으시면 불편해서 말을 하기가 곤란합니다."

기개세는 자신의 신분이 드러났지만 장가서를 정경장로로서 깍듯하게 대했다. 그 자신이 아직 대정생도이기 때문이다.

"정히 그러시다면……."

기개세의 진심이 전해지자 장가서는 깊이 허리를 굽힌 후에 조심스럽게 의자에 앉았다.

기개세는 이곳에서 시간을 너무 오래 지체했다는 생각이 들어 서둘렀다.

"장로, 낙성검가에 천검사신위가 머물고 있으니 이 일을 그들과 긴밀하게 상의해서 처리해 주십시오."

"천… 검사신위."

장가서의 얼굴이 또다시 놀라움으로 물들었다.

천검신문의 문주가 출현했으니 그를 호위하는 천검사호문과 그 네 문파의 수장들이 나타나는 것은 당연한 일이었다.

하지만 천검신문과 관계되는 일들이 하나씩 드러날수록 장가서는 자신이 정말로 천문주를 배알하고 있다는 사실을 조금씩 현실로 느꼈다.

그리고 그는 길상만교나 남궁세가가 기개세를 죽이려 한 이유를 비로소 깨달았다.

기개세가 천검신문의 문주, 즉 천문주이기 때문이다.

천검신문은 언제나 천하에 대혈풍이 몰아치기 전에 출현한다고 알려져 있었다.

그렇다면 길상만교와 남궁세가는 머지않아 천하에 대혈풍을 몰고 올 암중 세력의 끄나풀일 가능성이 컸다.

기개세가 그 사실을 말했을 때에는 믿을 수 없더니, 그의 신분이 밝혀지자 저절로 믿어졌다.

그로 인해 장가서는 자신이 여전히 평범하기 짝이 없는 범부임을 새삼 절감했다.

장가서는 공손히, 그러나 아직 정신을 완전히 수습하지 못한 상태로 이마를 당궤에 댔다.

“천명을 받듭니다.”

슥—

기개세는 일어서면서 조용히 한마디를 남겼다.

“내 신분에 대해서는 장로만 알고 계십시오.”

“목숨을 걸고 지키겠습니다.”

장가서는 방을 나가는 기개세와 나운상을 꿈을 꾸는 듯한 얼굴로 쳐다보았다.

“하아······.”

소옥군은 땅이 꺼질듯이 긴 한숨을 내쉬었다.

그녀는 벌써 두 시진째 자신의 방 창가에 앉아서 밖을 내다보며 계속 한숨만 내쉬고 있는 중이었다.

그녀의 기억은 어느 순간부터 끊어진 상태다.

식사를 하고 돌아와서 운공조식을 하던 중에 춘약에 중독된 사실을 깨닫고 스스로 해독하려고 애를 썼으나 온몸이 불덩어리처럼 뜨거워졌으며, 마치 정신이 나가 버린 것처럼 애타게 사내를 갈망하게 되었다.

그래서 스스로 상의를 벗고 괴로워하고 있을 때, 느닷없이 남궁산이 들어와 그녀를 겁탈하려고 젖가리개를 벗기고 그녀의 몸을 짓눌렀었다.

그러나 연미지액의 위급한 순간에 기개세가 들이닥치자 당황한 남궁산은 창문을 부수고 도망을 쳤다.

　욕정으로 몸부림치는 자신을 굽어보던 기개세의 복잡한 표정이 지금도 소옥군의 뇌리에 뚜렷이 각인되어 있었다.

　그녀는 너무 부끄러워서 기개세에게 가라고 애원했었다. 그러나 오래지 않아서 그에게 자신을 범해달라고 손을 뻗은 것 같았다.

　그리고는 그 이후부터는 아무것도 기억나지 않는다.

　혼절에서 깨어난 소옥군은 한동안 그대로 침상에 누워서 자신이 어떻게 된 것인지에 대해서 골똘히 생각에 잠겼었다.

　그녀는 살아났다. 그리고 이곳에 기개세는 없다.

　춘약에 중독된 사람이 해약을 복용하거나 이성과 정사를 하지 않으면 죽음을 맞이한다는 사실은 무림의 상식이었다.

　그녀의 마지막 기억에 의하면, 그 당시 실내에 남자는 기개세 한 사람뿐이었다. 그리고 그에게 춘약의 해독제 같은 것이 있을 리가 없다.

　그렇다면 결론은 하나다. 기개세가 그녀와 정사를 했다는 것이다. 그렇게밖에는 생각할 수가 없다.

　한동안 망연자실해서 누워 있던 그녀는 조심스럽게 일어나 목욕실로 가서 자신의 몸을 자세히 살펴보았다.

　그렇지만 순결을 잃으면 어떤 변화가 생기는지를 모르는 상태에서 아무리 살펴본들 소용이 없었다.

　결국 그녀는 느낌에 충실할 수밖에 없다는 결론을 내렸다.

　그녀의 느낌은 기개세가 자신을 범했다는, 아니, 몸을 섞어서 치료를 해주었음을 대변하고 있었다.

옥문을 중심으로 하체가 뻐근했으며, 무언가 이물질이 옥문을 통과한 듯한 생소한 느낌이 그곳으로부터 생생하게 전해졌다.

그래서 결국 그녀가 내린 결론은 기개세와 자신이 정사를 했다는 것이었다.

하지만 기개세를 탓할 일이 아니다. 그렇게 하지 않았으면 그녀는 밝은 세상을 다시는 보지 못했을 것이다.

이렇게 깨어나서 착잡한 마음으로 한숨을 내쉬며 괴로워하는 것도 살아 있기 때문에 가능한 것이었다.

"하아… 나는 이제 어쩌면 좋지?"

그녀는 다시 긴 한숨을 토해내며 중얼거렸다.

고개를 돌려 방문을 쳐다보았다. 그녀가 깨어난 이후 지금까지 방문은 굳게 닫힌 채 한 번도 열리지 않았다.

그것은 이곳에서 벌어졌던 일을 임생전에선 아무도 모른다는 뜻이었다.

소옥군은 기개세와 함께 이곳에 왔던 여자가 누군지 모르고 있었다.

그 당시 그녀가 기개세에게 소옥군을 살리라고 종용했던 기억이 난다.

하지만 기개세든 낯선 여자든 이곳에서 있었던 일이 다른 사람들 귀에 들어가지는 않을 것이다. 그런 점에서 소옥군은 기개세를 믿기 때문이다.

'그자는 어찌 되었을까?

벌거벗은 채 허둥지둥 창문을 부수고 달아난 남궁산이 불쑥 생각났다.

'어째서 나를 겁탈하려고 했을까?

동생 남궁엽에 대한 복수일지도 모른다는 생각이 들었다.

남궁엽이 기개세를 죽이려고 했던 이유가 치정(癡情)이었다고 정경총령은 최종 결론을 내렸다.

소옥군은 그것을 믿지 않았으나, 남궁산의 행동을 보면 믿을 수밖에 없을 것 같았다.

즉, 정경총령이 보고서에 작성했던 것처럼 남궁엽은 소옥군을 연모했는데 그녀가 마음을 받아주지 않자 그녀가 아직 기개세를 잊지 못해서 그러는 것이라고 판단, 그를 죽이려고 했다가 실패하고 그 자신은 호수에 빠져서 과다출혈로 목숨을 잃었다.

그래서 남궁산은 동생의 복수를 하려고 소옥군을 겁탈한 것이라는 해석이 나온다.

그런 결론을 뒷받침하려면 남궁산과 남궁엽 둘 다 편협한 인물이어야만 한다는 단서가 붙었다.

하지만 소옥군이 오대군림에 가입한 이후 물 위에 떠도는 기름처럼 지내면서 흘려들은 바에 의하면, 오대군림의 생도들은 하나같이 남궁가 형제들을 공명정대한 사람으로 생각하고 있었다는 사실이다.

'하아아… 열 길 물속은 알 수 있어도 한 길 사람 속은 모른다는 것인가…….'

그러나 그 생각은 길지 않았다. 소옥군의 머릿속에 가득 밀려드는 것은, 깨어나서 지금까지 고민을 거듭했던 것. 앞으로 어떻게 해야 하느냐는 것이었다.

第五十八章

금빛 화살

대사부

“고맙다, 신기.”

기개세의 치하에 담신기는 화들짝 놀라며 당황했다.

“별… 말씀을…….”

조금 전에 담신기는 기개세에게 전음입밀을 가르쳐 주었다. 물론 기개세가 가르쳐 달라고 했기 때문이다.

그런데 기개세가 불과 일각 만에 전음입밀을 완벽하게 배워 버리는 바람에 담신기는 아연실색하고 말았다.

전음입밀을 전개하려면 이십 년 남짓의 공력만 있으면 가능하지만, 그 방법이 여간 까다롭지 않아서 예전의 담신기는 보름 정도 걸려서 간신히 첫 전음입밀을 전개할 수 있었다.

그런데도 사람들은 그가 너무 빨리 배웠다면서 천재라느니 뭐니 칭찬하느라 난리법석이었다.

그런데 기개세가 하루도 아니고 한 시진도 아닌 단 일각 만에 완벽하게 배워 버리자 담신기는 경악하면서 할 말을 잃어 버리고 말았다.

놀라움 속에서도 그는 하늘이 어째서 기개세를 천검신문의 문주로 점지했는지 알 것 같았다.

사실 기개세는 담신기에게 배우기 전에 전음입밀을 이미 알고 있었다.

단지 그 자신이 그런 사실을 모르고 담신기에게 가르쳐 달라고 한 것이다.

그는 천신록의 천진음파라는 음공을 배우고 있는 중인데, 현재 이성(二成) 남짓의 성취를 이룬 상태다.

불과 이성 수준으로도 일 장 반 거리에 있는 오십 장 두께의 서책에 엄지손톱 크기의 구멍을 낼 수 있을 정도다.

하물며 이성 수준이 그 정도인데 천진음파를 대성한다면 과연 어느 정도일지 상상하기도 벅찬 일이었다.

기개세는 담신기가 전음입밀의 원리에 대해서 설명을 시작한 지 얼마 지나지 않아서 그것이 천진음파의 기초 단계와 매우 흡사하다는 사실을 알게 되었다.

천진음파는 공력을 특수한 구결에 의해서 체내에 주천시킨 후에 입으로 발출하는 수법이고, 전음입밀은 단지 입술과

혀만을 움직여서 무성(無聲), 즉 소리없는 말을 발출하는 것인데, 두 수법의 일정 부분이 비슷했던 것이다.

그래서 기개세는 담신기의 설명을 다 듣지 않고서도 전음입밀을 할 수 있을 것 같았다.

하지만 묵묵히 그의 설명을 끝까지 다 들었다. 자신의 우수함을 내세우기보다는 수하를 배려하는 마음 때문이다.

예전의 그가 그런 상황에 처했다면 십중팔구 실컷 잘난 체를 하면서 으스댔을 것이다.

사실 담신기는 전음입밀 수법에 대한 설명을 거의 일각 가깝게 했다.

그리고 설명이 끝나자마자 기개세가 전음입밀을 단 한 번에 성공해 버렸다.

천진음파의 기초를 완벽하게 알고 있기 때문에 가능했던 일이지만 담신기로서는 그런 사실을 알 리가 없었다.

그래도 기개세는 담신기에게 고맙다고 치하를 했다. 어쨌든 담신기 덕분에 전음입밀을 배우게 되었고, 설혹 그렇지 않다고 해도 고마운 일이기 때문이다.

[신기, 정경장로는 어찌 되었느냐?]

그때 기개세가 새로 배운 전음입밀을 발휘하여 담신기에게 물었다.

나운상은 기개세 최측근에서 그를 호위하는 역할을 담당하고 있으며, 담신기는 주로 외적인 일, 즉 심부름이나 주변의 일 처리 등을 담당하고 있다.

기개세가 그렇게 하라고 한 것이 아니라 나운상과 담신기 두 사람이 상의를 해서 결정한 일이다.

[이틀 전 늦은 오후에 정경장로가 낙성검가로 찾아가서 도기운을 만났다고 합니다.]

기개세가 정경장로인 장가서를 만난 것이 이틀 전이다. 장가서는 기개세와 헤어지자마자 서둘러서 낙성검가로 간 것이 분명하다.

담신기는 평소에 도기운을 대백부(大伯父)로 모시지만, 기개세에게까지 도기운을 존칭할 수는 없어서 그냥 이름을 불렀다. 그리고 그러는 것이 예법에 맞다.

[이후 오늘 오전에 속하와 만나서 몇 가지 사항들을 의논했습니다.]

도기운을 만난 장가서는 기개세가 천검신문의 문주라는 사실을 확실히 알게 되었다.

그리고 자신이 대정숙 내에서 어떻게 기개세를 도와야 하는지를 도기운에게 자세히 들었다.

앞으로 담신기는 기개세를 대신해서 수시로 장가서를 만나게 될 것이다.

장가서는 기개세에게서 남궁산이 소옥군을 겁탈하려다가 실패하여 도주했다는 말을 들은 즉시 정경총령에게 남궁산을 찾아서 제압하라고 명령을 내렸다.

　그러나 남궁산의 모습은 대정숙 내 어디에서도 발견되지 않았다.

　모든 정경고수들이 혈안이 돼서 찾아 나섰으나 이틀이 지난 현재까지 남궁산의 행방은 묘연한 상태였다.

　대정숙은 나는 새조차도 마음대로 드나들 수 없다는 비조불입(飛鳥不入)의 철옹성으로 널리 알려져 있다.

　그런데 남궁산이 어디로 사라졌는지 흔적조차 발견되지 않고 있어서 대정숙에 허점이 있는 것이 아닌가 하는 의문이 제기되고 있는 실정이었다.

　[정경장로의 말에 의하면, 대정숙 내의 남궁산과 연계한 암중 세력에 대해서 이틀 전부터 대대적인 조사에 착수했다고 합니다.]

　능소당 이층 편좌방(휴게실)에는 기개세와 담신기뿐 아무도 없어서 한적했다.

　능소당의 다른 친구들은 모두 연공실과 수련실에서 무공 연마에 여념이 없다.

　그들에게는 낮밤이 따로 없고 쉬고 자는 시간조차도 없다.

　만약 기개세가 재당에서 술을 마시지 않는다면 그들은 언제까지나 무공 연마에만 몰두하며 자신들의 방에서 나오지 않을 것이 분명하다.

　식은 차를 한 모금 마시고 난 기개세는 찻잔을 손에 쥐고 잠시 생각하는 것 같더니 입을 열었다.

[너는 지금 즉시 정경장로에게 가서 내 말을 전해라.]

그의 전음입밀은 약간 바람이 새는 듯한 소리로 들리지만, 조금 전에 배웠다는 사실을 감안한다면 훌륭한 솜씨였다.

[하명하십시오.]

[조사를 극비리에 실행하라고 해라. 풀을 건드리면 뱀이 놀라서 도망친다.]

담신기는 가볍게 놀라는 표정을 지었다. 그는 나날이 발전하고 있는 기개세를 감탄의 표정으로 바라보았다.

[우리의 목적은 대정숙 내에 뿌리내리고 있는 암중 세력을 색출하는 것이 아니라 그들 뒤에 도사리고 있는 배후 세력을 찾아내는 것이다.]

같은 머리를 갖고 있으면서도 담신기는 그런 생각을 추호도 하지 못했다.

[그리고 정경장로에게 임생전 이층의 임정고수 두 명이 자리를 비웠다는 말을 해줘라.]

별개의 문제일 수도 있으나, 규율이 엄격하기로 소문난 대정숙의 정도고수가 근무 시간에 자리를 이탈했다는 사실은 간과하기 어려운 일이었다.

그러므로 그 일에 남궁산이 개입했을 가능성이 있다고 판단한 것이다.

[천명을 받듭니다.]

[신기.]

허리를 깊숙이 숙인 후에 급히 문으로 향하는 담신기를 기개세가 불러세웠다.

[너도 상아처럼 나를 편하게 대할 수는 없느냐?]

담신기는 두 가지 사실 때문에 깜짝 놀랐다. 기개세의 말이 천부당만부당해서 놀랐고, 나운상이 기개세와 단둘이 있을 때에는 과연 어떻게 행동하기에 주군이 저렇게 말씀을 하실까 싶어서 놀랐다.

하지만 담신기가 타이른다고 들을 나운상이 아니다. 그가 세상에서 가장 어려워하는 사람이 있다면 기개세와 나운상 단 두 사람이었다.

[속하로 인해 주군께서 불편하셨다면 지금부터라도 고치도록 노력하겠습니다.]

[그런 말이 아니잖느냐?]

[하오시면?]

[아니다. 가봐라.]

담신기가 다시 예를 취한 후에 문을 나서려는데 제 말을 하면 나타나는 호랑이처럼 나운상이 들어섰다.

나운상은 나가는 담신기에게 눈으로 인사를 보낸 후 급히 기개세에게 다가왔다.

"주군, 계반구(癸班九)가 주군을 꼭 뵙게 해달라고 찾아왔습니다."

"계반구?"

기개세는 곧 고개를 끄덕였다.

"데리고 와라."

계반구. 즉, 계생전 정교반사 구호는 기개세가 계생도였을 때 선택했던 무공인 낙성북두검법을 가르쳤던 정교반사이다.

말이 가르쳤다는 것이지 그가 처음 몇 차례 낙성북두검법에 대해서 설명하고 시범 보인 것 말고는 오히려 나중에는 기개세가 계반구를 가르쳤었다.

원래 계반구는 낙성북두검법, 즉 북두검법에 깊이 매료되어 예전에 이 년여 동안 전력으로 연마하여 사성의 성취를 이루었었다.

이후에 기개세가 북두검법 일초 칠변을 완벽하게 이해하고 전개할 수 있게 되자 그때부터 그에게 가르침을 받은 계반구는 일취월장하여 현재는 육성 수준에 이른 상태다.

현재 기개세는 공력이 뒷받침되어 준다면 팔백 년 전에 낙성북두검법을 창시하여 우내십인의 반열에 오른 낙성검가의 창시자 낙성신검 유청후에 버금가는 실력을 발휘할 수 있을 것이다.

"유영 생도."

나운상의 안내로 편좌방에 들어선 계반구는 입구 안쪽에서 기개세를 향해 포권을 취하며 허리를 굽혔다.

계반구는 기개세를 대정생도가 아닌 '마음의 스승'으로

섬기고 있기 때문에 그에 적절한 예를 갖추는 것이다.

대정숙은 배움의 전당이다. '배움'이라는 대명제 아래에서는 그 어떤 것들도 모두 용납된다.

그러므로 대정생도를 가르치는 입장인 대정반사가 거꾸로 대정생도에게 배우는 것도 허용된다. 물론 대정숙 역사상 그런 일은 매우 드물었다.

"어서 오십시오, 계반구."

기개세는 의자에서 일어서며 반갑게 계반구를 맞이했다.

얼굴 윤곽이 뚜렷한 사각을 이루고, 턱의 가운데가 오목하게 파인 강직한 용모의 계반구는 기개세에게·다가오며 머쓱한 표정을 지었다.

"계반구는 예전 지위입니다."

"호오… 승진했습니까?"

"그렇습니다. 지금은 경반칠(庚班七)입니다."

"축하합니다."

기개세가 환하게 웃으면서 계반구, 아니, 경반칠의 두 손을 덥석 잡자 그는 움찔 놀라는 듯하더니 곧 보일 듯 말 듯 희미한 미소를 지어 보였다.

"유영 생도 덕분입니다. 북두검법으로 승급 시험을 쳐서 합격했습니다."

대정생도뿐만 아니라 대정숙의 모든 정도고수들도 시험을 쳐서 합격하면 승급을 할 수 있다.

실력만 갖추어지면 대정총장과 대정오로, 대정총령을 제외한 모든 지위에 오를 수 있는 것이다.

"계등에서 경등으로 세 단계나 승급하다니, 대단합니다."

정도고수들은 대정생도와 달리 수시로 시험을 치를 수 있다. 원래 계등에 있던 경반칠은 세 차례나 연이어 시험을 치러 합격하여 경등에 오른 것이다.

기개세의 칭찬에 경반칠은 쑥스러운 듯 슬쩍 얼굴을 붉혔다.

"운이 좋았습니다."

그렇게 말해놓고는 곧 정색하며 말을 고쳤다.

"운이 아니라 유영 생도의 가르침이 훌륭했던 덕분입니다."

그는 다시 포권하며 정중히 허리를 굽혔다.

"사실은 북두검법 후반부를 배우고 싶어서 찾아왔습니다. 가르침을 주십시오."

사실 기개세는 할 일이 너무 많아서 눈코 뜰 새 없이 바쁜 몸이다. 한가하게 대정반사에게 무공을 가르칠 여유가 있을 턱이 없다.

"불가(不可)해요."

기개세가 뭐라고 말하기도 전에 기개세 옆에 팔짱을 긴 채 우뚝 서 있던 나운상이 딱 부러지게 잘라 말했다.

경반칠이 씁쓸한 표정으로 자신을 쳐다보자 나운상은 아

에 쐐기를 박았다.

"그리고 앞으로 그런 일로 두 번 다시 찾아오지 마세요."

경반칠은 설핏 안타까운 표정을 떠올렸다.

대정숙의 정도고수들은 모두들 배우려는 자세가 투철한 사람들이다.

승진보다는 더 높은 경지의 무학과 학문을 깨닫고 습득하려는 열망이 무림의 그 어느 사람들보다 강렬하다.

쿵!

"유영 생도!"

그때 경반칠이 그 자리에 무릎을 꿇고 이마를 바닥에 깊이 조아렸다.

"무리한 부탁인 줄은 알지만 북두검법을 대성하고 싶은 열망을 꺾을 수가 없습니다. 하지만 나 혼자서는 도저히 불가항력이니 부디 은혜를 베풀어주십시오."

나운상은 놀라면서도 어이없다는 표정을 감추지 못했다. 그녀는 기개세와 경반칠의 관계를 모른다.

단지 두 사람이 나눈 대화를 듣고서 유추하여 경반칠의 요구를 단호하게 거절했던 것인데, 그가 이렇게까지 나올 줄은 예상하지 못했다. 게다가 그녀는 북두검법이 무엇인지도 모르고 있었다.

대정반사가 대정생도에게 이 정도로 굴신(屈身)하는 것을 본 적도 들은 적도 없는 나운상은 잠시 당황하여 기개세의 표정을 살폈다.

기개세는 담담하게 미소 지으면서 가볍게 고개를 끄덕였다.

"북두검법을 가르쳐 드릴 테니 그만 일어나십시오."

경반칠은 일어날 생각은 하지 않고 얼굴 가득 고마운 표정을 떠올리며 기개세를 올려다보았다.

"고맙습니다, 정말 고맙습니다."

기개세는 빙그레 미소 지으며 손을 뻗어 경반칠의 팔을 잡아 일으켰다.

"옛말에 가르치는 것이나 배우는 것이 서로를 발전시켜 준다고 했습니다[敎學相長]. 저야말로 잘 부탁합니다."

"유영 생도……."

경반칠은 여전히 무릎을 꿇은 상태에서 감격한 표정으로 기개세를 우러러보았다.

대정생도를 가르치는 입장인 대정반사가 반대로 대정생도에게 가르침을 받는다는 것은 말처럼 쉬운 일이 아니었다.

대정생도가 자신보다 월등히 뛰어나다는 사실을 인정해야 하고, 가르치는 사람으로서의 자존심을 꺾어야 하며, 보이지 않는 동료들의 눈총까지 견뎌내야 하는데, 어느 것 하나 쉬운 일이 아니다.

물론 경반칠의 경우는 불과 한 달이 조금 넘는 사이에 계등에서 경등으로 세 단계나 월반하는 결과를 낳았기에 이제는 동료들로부터 눈총이 아니라 부러움의 대상이 된 상태다.

어쨌든 나운상은 대정반사가 이 정도로 대정생도에게 애원한다는 것을 상상조차 해본 일이 없었다.

"그렇지만……."

"그만 됐다."

그래도 기개세가 얼마나 바쁜 몸인지 누구보다 잘 알고 있는 나운상은 가만히 보고만 있을 수 없는 상황이라서 한마디 하려는데, 기개세가 슬쩍 손을 들어 제지했다.

"어떻습니까? 말 나온 김에 지금부터 할까요?"

기개세의 말에 경반칠은 그를 더욱 우러러보았다.

"그렇게 해주신다면 저로서야 더할 나위가 없겠습니다."

기개세 뒤에 활짝 열어놓은 창을 통해 새파란 하늘이 보이기 때문에 그의 모습이 더욱 훌륭하게 보이는 것만은 아닐 것이라고 경반칠은 생각했다.

"제 이름은 오통(吳通)입니다. 앞으로는 이름을 불러주시면 고맙겠습니다."

기개세는 고개를 끄덕였다.

"그러겠습니다, 오 반사."

경반칠 오통은 기개세의 미소가 참으로 해맑고 신선하다는 느낌을 받았다.

그때 그는 기개세 뒤쪽 저 멀리 새파란 하늘 높은 곳에서 무언가 조그만 것이 아주 흐릿하게 반짝이는 것을 발견했다.

처음에 그는 벌이나 풍뎅이 따위의 곤충이 멀리서 날아가는 것이라고 생각하고 시선을 거두었다.

아니, 시선을 거두려는데 곤충이라고 여겼던 그 조그맣게 반짝이는 것이 순식간에 서너 배로 커지는 것이 아닌가.

오통은 눈을 크게 떴다. 단지 그 동작뿐이거늘 반짝이는 물체는 그사이에 손톱 크기로 커졌다.

여전히 그는 그것이 무엇인지 모르지만 한 가지 사실은 깨달을 수 있었다.

이곳을 향해 무서운 속도로 쏘아오고 있다는 사실이다.

"……!"

그 물체가 무엇을 목표로 하여 쏘아오는 것인지 생각할 겨를도 없었다.

파앗!

그 순간 오통은 두 발로 힘껏 바닥을 박차면서 튀어 오르며 기개세를 덮쳤다.

"어엇?"

서 있던 기개세는 오통이 벼락같은 기세로 떠미는 바람에 그대로 뒤로 쓰러졌다.

"무슨 짓이냐?"

나운상은 오통이 기개세를 암습하는 것이라 생각하고 즉시 오른손을 어깨의 검으로 가져가는 것과 동시에 오통을 향해 덮쳐 가며 일갈했다.

그 순간 오통은 눈부시게 반짝이는 그 물체가 곧장 자신을
향해 지척에서 쏘아오는 것을 발견했다.

퍽!

"큭!"

쓰러지는 기개세의 몸이 아직 바닥에 닿지도 않았고, 나운
상이 오통을 향해 덮쳐 가고 있는 도중에 그녀의 들어 올린
오른팔 겨드랑이 사이로 번갯불 같은 것이 스쳐 지나 오통을
적중시켰다.

기개세와 나운상은 보았다. 뒤로 쓰러지고 있는 기개세는
자신의 얼굴 위를 이마에서 턱 쪽으로 가로지르는 금빛을, 나
운상은 자신의 오른팔 겨드랑이 아래로 파고들듯이 스치는
눈부신 한줄기 금빛을.

두 사람의 시선이 재빨리 오통에게로 향했다.

어떤 강력한 충격에 의해서 상체가 뒤로 확 젖혀진 채 쏜살
같이 튕겨져 날아간 오통은 등을 아래로 한 채 그대로 바닥에
거세게 부딪쳤다.

쿵!

어떤 물체라도 뒤로 튕겨졌다가 바닥에 쓰러지면 미끄러
지게 마련이다. 하지만 오통은 바닥에 쓰러지자마자 그대로
정지해 버렸다.

그의 왼쪽 어깨에 꽂혀 있는 금빛 물체 때문이었다.

그것이 그의 어깨를 뚫고 바닥에 꽂혀서 쓰러지고서도 뒤

로 미끄러지지 않은 것이다.

기개세와 나운상은 재빨리 창밖을 쳐다보았다. 그러나 여기저기 조각구름만 떠 있는 새파란 하늘뿐 아무것도 보이지 않았다.

기개세는 창가에 서서 바깥을 두리번거렸다.

탁!

"피하세요!"

순간 나운상이 다급히 몸을 날려 기개세를 덮쳤다. 무엇인가를 발견해서가 아니라 알 수 없는 그 무엇이 재차 공격할지도 모른다는 불길한 예감 때문이었다.

쐐액! 콱!

다음 순간 기개세를 덮친 나운상의 뒤통수에서 반 뼘 차이로 한줄기 금빛이 번개처럼 쏘아 들어와 바닥에 꽂혔다.

웅웅웅…….

한 덩이가 되어 바닥에 쓰러지고 엎어진 기개세와 나운상은 다급히 금빛이 꽂힌 곳을 쳐다보았다.

쓰러져 있는 오통의 약간 벌어진 사타구니 바로 아래에 한 자루 화살이 꽂힌 채 거세게 진동하고 있었다.

만약 손가락 한 마디 위쪽에 화살이 꽂혔더라면 오통은 고자가 될 뻔했다.

바닥에 꽂힌 채 위로 드러나 있는 한 자 길이의 화살은 전체가 금빛이고 엄지손가락 두 개 정도의 굵기였다.

기개세는 위를 향해 누웠고 나운상은 그의 위에 엎드려 몸을 포갠 자세다.

하지만 두 사람은 경황 중이라서 그런 사실을 아직 깨닫지 못했다.

두 사람은 금빛 화살을 주시하면서 놀라는 표정을 지었다.

창밖에는 아무도 없다.

창 아래쪽은 호수고 그 너머는 넓은 풀밭이며 그 끝에 나지막한 언덕이 있다.

언덕 뒤편에 한 채의 이 층 전각이 있는데, 그곳에서나 이쪽에서도 서로 보이지 않는다.

호수 좌측은 인공 산이 있고, 우측 백여 장 거리에 한 채의 삼 층 전각이 있지만, 능소당과 평행을 유지하고 있어서 그곳에서 기개세가 있는 방의 창 안으로 화살을 쏘아 날린다는 것은 불가능한 일이었다.

그런 상황을 잘 알고 있는 기개세와 나운상은 바닥에 꽂힌 금빛 화살을 주시하면서 표정이 흐려졌다.

누군가 새파란 하늘에 둥둥 뜬 상태로 화살을 쏘았단 말인가? 실로 귀신이 곡할 노릇이다.

"가만히 있어요."

그때 나운상은 기개세가 오통에게 가려고 몸을 그쪽으로 일으키려는 것을 위에서 힘을 주어 누르며 다분히 명령조로 나직이 외쳤다.

기개세가 자신을 올려다보자 나운상은 그를 굽어보며 몹시 진장한 얼굴로 말했다.

"누가 어디에서 화살을 쏘는 것인지는 모르겠지만, 놈은 주군을 노리고 있는 것이 분명해요."

두 사람은 여전히 자신들이 어떤 자세로 있는지 깨닫지 못하고 있었다.

나운상은 두 팔로 기개세의 등을 끌어안은 채 고개만 들고 말을 이었다.

"보세요. 주군이 보이지 않으니까 화살을 쏘지 않잖아요. 만약 주군이 저 사람에게 다가가면 놈은 틀림없이 또 화살을 쏠 거예요."

그녀의 말이 맞는 것 같다. 누군가 이 방 안에 있는 사람을 노리고 있다면 그 표적은 기개세가 분명할 것이다.

기개세가 오통의 안위를 염려하느라 정신이 분산되지 않았다면 그 정도는 충분히 간파했을 것이다.

"으으……. 나운상 생도의 말이 맞습니다. 유영 생도, 그냥 그곳에 계십시오."

그때 오통이 상체를 버둥거리면서 손을 저으며 힘겹게 입을 열었다.

그는 스스로 어깨에 꽂힌 화살을 뽑지도 일어서지도 못하는 상태인 듯했다.

나운상은 기개세가 움직이지 못하도록 두 팔에 힘을 잔뜩 주고 그의 어깨에 뺨을 묻으면서 중얼거렸다.

"무지막지하게 강력한 강궁(强弓)이에요. 빠르기와 위력으로 판단했을 때 피하는 것이나 쳐내는 것 둘 다 불가능할 것 같아요."

도대체 어느 방향에서, 누가 쏘아내는지도 모르는 화살이다.

"이런 말도 안 되는 일이……."

너무 기가 막히고 어이가 없는 일이라서 나운상은 말을 잇지 못했다.

"그러나……."

기개세는 눈을 내리깔며 나직이 중얼거렸다.

"오 반사를 저대로 내버려 둘 수는 없다."

"주군."

나운상은 움찔 놀라서 고개를 들고 그를 내려다보았다.

"아무도 움직이지 않으면 별일없을 거예요. 오히려 주군이 나서면 주군이나 저 사람 둘 다 위험하게 된다구요."

기개세는 눈을 똑바로 뜨고 나운상을 바라보며 조용한 목소리로 말했다.

"내가 나서지 않는다면, 암중에서 화살을 쏘아대는 녀석이 나를 끌어내려고 오 반사를 맞힐 수도 있어."

"그런……."

나운상은 움찔했다.

“그놈의 입장으로 봤을 땐 밑져야 본전일 테니까.”

충분히 가능한 일이다. 아니, 나운상이 암중인이라고 해도 그런 방법은 시도해 볼 만한 가치가 있을 듯했다.

“그러니까 비켜라, 상아.”

기개세가 조용히 타일렀으나 나운상은 오히려 두 팔로도 부족한 듯 두 다리를 활짝 벌리더니 그의 하체를 잔뜩 힘주어 꼭 끌어안았다.

“그렇다면 더욱 못 비켜요.”

“할 수 없군.”

기개세가 포기한 줄 알고 나운상은 자상한 누나처럼 온화하게 다독였다.

“그래요. 잠시만 참으면 돼요. 놈이 화살을 쏘지 않는 것이 확인되면 그때 저 사람을 구하도록…….”

그때 나운상은 기개세의 손이 자신의 둔부를 쓰다듬자, 아니, 쓰다듬으면서 활짝 벌어진 계곡 속으로 스르르 미끄러져 내려가자 눈을 크게 뜨면서 의아한 표정을 지으며 말끝을 흐렸다.

쿡!

“악!”

기개세가 꼿꼿하게 세운 손가락으로 나운상의 계곡 깊숙한 곳을 힘주어 찌르자 소스라치게 놀란 그녀는 비명을 지르며 두 손으로 다급히 둔부를 감싸면서 옆으로 굴러 기개세에게서 떨어졌다.

쿵!

기개세는 벌떡 일어나 무릎걸음으로 오통에게 빠르게 기어갔다.

바닥에 옆으로 누워 두 손으로 둔부를 감싸고 있던 나운상은 화들짝 놀라 기개세를 보며 급히 외쳤다.

"안 돼요! 멈춰요!"

둔부 사이를 찔린 그녀는 아픔보다는 놀라움 때문에 기개세를 옭았던 두 팔과 두 발을 풀었던 것이다.

"상아, 어서 창을 닫아라."

기개세는 오통의 발치에 이르러 창 쪽을 돌아보면서 급히 지시했다.

그가 그곳에서 엎드린 자세로 창을 올려다보니까 하늘 꼭대기만 보였다. 하지만 오통 쪽으로 조금만 더 움직이면 노출될 것 같았다.

지금이라도 암중인이 오통을 노리고 화살을 발출할 수도 있기 때문에 지체해서는 안 된다.

오통이 아니었으면 기개세가 화살을 맞았을 것이다. 그는 기개세를 구하려다가 대신 화살을 맞은 채 죽음의 위기에 놓여 있었다.

그런데도 모른 척 외면하는 것은 말이 되지 않는 일이라고 기개세는 생각했다.

하지만 언제까지나 오통의 발치에 웅크리고 있을 수는 없다고 생각한 그는 지그시 이를 악물고 오통의 왼쪽 어깨에 꽂힌 화살을 쏘아보았다.

화살은 오통의 어깨 위로 한 뼘이 채 못 되게 깃대만 남겨 놓은 상태였다.

화살의 길이와 오통의 어깨 두께를 가늠했을 때 바닥에는 그다지 깊지 않게 꽂혀 있을 듯했다.

그러므로 기개세가 재빨리 다가가서 화살을 뽑는 것과 동시에 오통을 끌어안고 몸을 굴려서 옆으로 피한다면 암중인이 화살을 발출한다고 해도 피할 수 있을 것 같았다.

기개세는 숨을 한차례 크게 들이쉰 후 튕기듯이 벌떡 일어나 쏜살같이 오통의 왼쪽 어깨 쪽으로 몸을 날렸다.

타앗!

이어서 금빛 화살의 깃대를 두 손으로 움켜잡는 즉시 힘껏 뽑았다.

'이런……'

그런데 화살이 꼼짝도 하지 않았다. 그는 재빨리 공력을 극도로 끌어올려 두 발로 바닥을 힘껏 딛고 상체를 뒤로 젖히면서 이를 악물고 전력을 다해 화살을 잡아당겼다.

오통은 착잡한 표정으로 기개세를 쳐다보았으나 아무 말도 하지 못했다.

드드……

드디어 바닥을 울리면서 화살이 뽑히기 시작했다. 그런데 이 정도면 다 뽑혔겠지 싶은데도 화살은 계속 뽑혀 나왔다.

탁!

그때 나운상이 창을 닫았다.

푸악!

그와 동시에 화살이 확 뽑혔다. 그러나 바닥에서만 뽑혔을 뿐이어서 오통은 화살과 함께 딸려 올라와 몸이 벌떡 일으켜 졌다.

나운상은 검을 뽑아 머리 위로 치켜든 자세로 닫힌 창을 날카롭게 쏘아보고 있었다. 화살이 쏘아 들어오면 내려치려는 것이다.

팍!

순간 창을 뚫고 금빛 화살이 쏘아들었다.

패액!

찰나 나운상의 검이 허공을 가르며 화살을 쪼개어 갔다.

나운상으로서는 제대로 내려쳤다고 생각했으나 검은 허공을 베고 말았으며, 화살은 그대로 기개세를 향해 쏘아왔다.

안색이 새하얗게 질린 나운상의 다급한 눈길은 화살이 쏘아가는 궤적을 따라 이동했다.

팍!

화살은 두 자 반이나 바닥 위로 솟아오르고서야 다 뽑혔다.

기개세는 오통을 안은 채 오른발로 힘껏 바닥을 밀면서 몸을 날렸다.

땅!

나운상의 눈에 오통을 끌어안은 기개세가 옆으로 몸을 날리는 것과 금빛 화살이 기개세의 팔을 스쳐 지나 바닥에 꽂히는 것이 보였다.

쿵!

"윽!"

기개세와 오통은 한 몸이 되어 바닥에 나뒹굴었고, 오통이 묵직한 신음을 토해냈다.

"주군!"

나운상은 비단을 찢는 듯한 비명을 지르면서 기개세에게 달려갔다.

기개세는 오통을 두 팔로 끌어안은 채 바닥에 옆으로 누운 자세에서 염려스러운 얼굴로 물었다.

"괜찮습니까?"

"저는……."

오통은 무슨 말인가 하려는데 목이 콱 막히고 눈에 물기가 고여서 말을 잇지 못했다.

그는 설마 이런 위험한 상황에서 기개세가 자신을 구해줄 것이라고는 추호도 예상하지 못했었다.

오통이 기개세를 구한 것은 순간적인 판단이었다. 만약 그에게 충분히 생각할 시간이 있었다면 자신과 기개세의 목숨을 바꾸는 행위를 하지 않았을지도 모른다.

순간적으로 내리는 판단과 생각할 시간이 있다는 점은 극명하게 다른 결과를 초래한다.

그런데 기개세는 충분히 생각할 시간적 여유가 있었으며, 나운상이 극도로 만류했음에도 불구하고 위험을 무릅쓰고 오통을 구해주었다.

그의 그런 행위는 오통을 충분히 감격시키고도 남음이 있었다.

"피!"

나운상의 눈이 동그랗게 커졌다. 화살에 스친 기개세의 왼쪽 어깨가 푹 파여서 피가 흐르고 있는 것을 발견한 것이다.

"어디 좀 봐요!"

나운상은 급히 오통을 떼어내고 기개세의 팔을 잡았다.

"상아, 그보다 어서 놈을 잡도록 조치를 취해라."

"아!"

나운상은 화살을 쏴대고 있는 암중인을 잡는 것이 급선무라는 사실을 깨달았다.

하지만 그녀는 기개세 어깨의 상처를 보면서 망설였다.

"어서 가라."

기개세가 다시 한 번 채근해서야 그녀는 팔을 놓았다.

그렇지만 그녀는 방문으로 가지 못했다.

퍼억!

갑자기 벽에서 둔탁한 소리가 터졌다.

세 사람의 시선이 일제히 벽으로 향했다. 그러나 그들이 본 것은 흐릿한 금빛 선(線)뿐이었다.

딱!

다음 순간 나운상의 뒤쪽에서 단단한 격타음이 터졌다.

기개세와 나운상의 시선이 그곳으로 향했다가 눈이 동그랗게 커졌다.

원래 나운상은 무릎을 꿇은 채 기개세 쪽을 향해 앉아 있다가 방문으로 가려고 막 몸을 일으키려던 차였다.

그런데 지금 그녀의 둔부가 바닥에 비스듬히 꽂힌 한 자루 금빛 화살에 닿아 있었다.

무릎을 꿇고 앉은 자세의 둔부는 그 어느 때보다도 가장 커다랗게 확산되어 있는 상태다.

그때 금빛 화살이 쏘아 들어와서 나운상의 탱탱한 둔부를 스치고 바닥에 꽂힌 것이다.

날카로운 화살촉이 그녀의 옷과 살갗을 손가락 한 마디쯤 찢고는 피가 화살을 타고 방울방울 흘러내렸다.

하지만 그녀는 물론 기개세와 오통의 신경은 다른 곳에 쏠려 있었다.

놀랍게도 금빛 화살이 벽을 뚫고 쏘아 들어왔기 때문이다.

능소당의 벽은 나무로 되어 있었으나 두께가 세 치 반에 이를 정도로 두껍다. 그것을 일개 화살이 뚫은 것이다.

퍼퍼퍽!

그때 다시 벽 쪽에서 연이어 둔탁한 음향이 터졌다.

순간 나운상은 그것이 무엇인지 확인하지도 않고 몸을 날려 자신의 온몸으로 기개세를 덮었다.

따따땅!

다음 순간 세 사람 주위에서 콩을 볶는 듯한 소리가 요란하게 터져 나왔다.

기개세는 금빛 화살 여러 개가 벽을 뚫고 들어온 것이라고 직감했다.

그러면서 그는 자신을 감싸고 있는 나운상과 따로 떨어져 있는 오통 두 사람이 걱정됐다.

하지만 순간적으로 나운상이 찍어 누르는 힘이 워낙 강해서 꼼짝도 할 수 없는 상황이었다.

第五十九章

철궁(鐵弓)

대ᄉᆞ부
大士夫

"밖에 누구 없느냐? 우린 공격당하고 있다!"

온몸으로 기개세를 감싼 나운상이 방문 쪽을 향해 날카롭게 외쳤다.

하지만 그녀가 소리를 지르기도 직전에 금빛 화살이 나무벽을 뚫고 바닥에 꽂히는 소리는 멈추었다.

공격이 완전히 멈춘 것인지, 잠시 후에 다시 시작될 것인지 아무도 모르는 상황이다.

여러 방향에서 몰려온 삼십여 명의 대정숙 정경고수들이 한쪽 방향의 담을 향해 바람처럼 쏘아가고 있다.

그들은 대정숙 밖에서 쏘아오는 최초의 금빛 빛줄기를 발견한 즉시 외부에서의 공격이라고 판단하고 진원지를 찾아 나선 것이다.

그들이 최초의 금빛 빛줄기, 즉 화살을 발견하고 대정숙의 담을 넘기까지는 채 다섯 호흡도 걸리지 않았다.

휘익! 휙! 휘익!

삼십여 명의 정경고수들이 일사불란하게 대정숙 담을 넘고 있을 때 그들의 머리 위 아득하게 높은 곳에서 여러 개의 금빛 빛줄기가 대정숙 한복판을 향해 쏘아가고 있었다.

한 채가 구 층 높이의 까마득히 높은 고루(高樓) 꼭대기에는 팔뚝 굵기에 두 자 길이의 깃대가 세워져 있었는데, 그 위에 한 사람이 표표히 서 있었다.

깃대 꼭대기는 겨우 어린아이 손바닥 정도의 몹시 좁은 공간인데, 그 사람은 한쪽 발끝으로 그곳을 디딘 채 우뚝 서 있으면서도 추호의 흔들림조차 없었다.

그는 하늘빛처럼 푸른 청삼을 입었으며, 이마에 역시 푸른 색의 영웅건을 질끈 묶었고, 큰 키에 후리후리한 체격이다.

이십삼사 세 정도의 젊은 나이로 구레나룻을 멋지게 기르고 우뚝한 콧날과 맑은 눈, 붉은 입술을 지닌 준수한 용모의 기남자(奇男子)다.

그런데 그는 왼손에 활을 쥐고 있으며, 오른손으로 화살 세

대를 메겨 활시위를 팽팽하게 당기고 있었다.

화살의 긴 대 세 개가 햇빛을 받아 금빛으로 눈부시게 빛나고 있다.

구우우…….

청삼청년은 허공을 향해 비스듬히 겨누고 있던 활의 시위를 조금 더 당겼다가 한순간 손가락을 놓았다.

투악!

순간 세 대의 금빛 화살이 하늘을 향해 빛처럼 빠른 속도로 솟구쳐 올랐다.

금빛 화살들은 시리도록 파란 하늘을 쪼개면서 계속 허공으로 솟구쳤고, 그 뒤로 금빛의 흐릿한 흔적이 뒤따랐다.

그러더니 어느 순간 솟구치기를 그만둔 금빛 화살들은 아래를 향해 비스듬히 방향을 꺾더니 무시무시한 속도로 하강하기 시작했다.

허공을 가르며 쏘아가는 세 대의 금빛 화살 삼십여 장 아래쪽에 길게 직선으로 이어진 높고 튼튼한 담이 있었다.

무림에서는 그 담을 절대로 넘지 못할 담이라는 뜻으로, 월장단사(越牆斷死)라고 부른다.

금빛 화살들은 추호의 음향이나 기척도 없이 대정숙 깊숙한 곳으로 쏘아가고 있었다.

슥—

첨탑 위의 청삼청년은 왼쪽 어깨의 화살통[箭筒]에서 다시 세 대의 금빛 화살을 뽑아 활시위에 메겼다.

화살은 전체가 금빛이다. 길이는 보통 화살의 두 배 가까이에 이르고, 굵기 역시 세 배 이상이다.

또한 활도 보통 활보다 세 배 이상 굵고 두 배 정도 큰데, 전체가 금빛으로 번뜩였다.

그때 청삼청년의 검고 짙은 굵은 눈썹이 슬쩍 찌푸려졌다.

그는 힐끗 오른쪽 저 아래를 굽어보았다.

일 갑자 공력을 지닌 고수의 시력으로도 볼 수 없는 광경이 그의 눈에는 바로 코앞에서처럼 선명하게 보였다.

세 가지 색의 옷을 입은 삼십여 명의 고수들이 대정숙의 담월장단사를 넘으면서 이곳을 향해 곧장 쏘아오고 있는 광경이다.

"귀찮군."

문득 청삼청년은 나직이 중얼거렸다. 청아하면서도 맑은 목소리다.

투학!

하지만 그는 조금도 서둘지 않고 천천히 활시위를 끝까지 잡아당겼다가 다시 세 대의 금빛 화살을 발출하고 나서 활을 부러뜨리듯이 절반으로 접었다.

철컥! 척!

그러자 활이 순식간에 길이 두 자 남짓한 금빛의 봉(棒)으로 변했다.

그는 마지막으로 발출한 세 대의 금빛 화살이 아스라이 사라지고 있는 허공을 눈을 반개한 채 바라보았다.

실눈을 뜬 것은 화살이 보이지 않아서가 아니라 햇빛이 눈부시기 때문이다.

이어서 그는 시선을 아래로 향했다. 저 멀리 십여 리쯤 떨어진 곳에는 대정숙과 호수 한복판의 능소당이 있다.

보통 사람의 눈에는 보이지 않지만 청삼청년의 눈에는 손에 잡힐 듯이 잘 보인다.

그가 바라보고 있는 중에 세 대의 금빛 화살은 방향을 꺾는가 싶더니 능소당을 향해 번갯불처럼 내리꽂혔다.

슉—

순간 그는 발끝으로 딛고 있던 깃대 꼭대기를 살짝 박차고는 허공으로 둥실 떠올랐다.

사아아…….

그런가 싶더니 두 팔을 활짝 벌리고 마치 한 마리 학처럼 우아하게, 그러나 빠른 속도로 대정숙 반대 방향 아래쪽을 향해 비스듬히 날아갔다.

"오 반사!"

다급한 외침이 방 안을 울렸다.

나운상에게 눌린 자세로 바닥에 누워서 오통 쪽을 쳐다보던 기개세가 놀라서 외친 것이다.

두 대의 화살이 오통의 허벅지와 옆구리를 꿰뚫은 광경이 기개세의 동공을 아프게 후벼 팠다.

오통은 원래 왼쪽 어깨에 꽂힌 화살 때문에 옆으로 웅크리고 누운 자세였다.

그런데 허벅지 바깥쪽과 옆구리에 꽂힌 화살이 몸을 완전히 관통하여 바닥에 깊숙이 박혀 버렸다.

오통은 미세한 움직임도 없는 상태다. 온몸에 세 발의 화살을 맞은 상태에서 이미 숨이 끊어졌다고 해도 이상하지 않은 일이다.

이미 화살에 적중된 오통이 또다시 두 발의 화살을 맞았으나, 기개세를 온몸으로 덮은 나운상은 무사했다. 운이 좋았다고밖에는 생각할 수가 없다.

"오 반사!"

기개세는 이것저것 생각할 겨를도 없이 벌떡 일어나 오통에게 달려가며 외쳤다.

그 바람에 그를 덮쳐 누르고 있던 나운상은 떨어지지 않으려고 재빨리 그의 허리에 두 발을 두르고 한 팔로 목을 끌어안았다.

퍼퍼퍽!

그때 벽을 뚫고 또다시 세 개의 화살이 실내로 벼락같이 쏟아져 들어왔다.

이미 오통에게 다가가 있던 기개세는 급히 어깨의 검을 뽑는 것과 동시에 창 쪽을 향해 마치 풍차처럼 어지럽게 휘둘렀다.

쉬리리릭!

쏘아오는 화살을 떨어뜨리거나 방향을 바꾸게 하려는 것이 아니라, 검을 풍차처럼 휘둘러서 일종의 검막(劍幕)을 형성하여 화살을 막으려는 행동이었다.

오른손에 검을 쥐고 있던 나운상은 미처 화살에 대응하지 못했다. 기개세와 마주 보고 안겨 있는 자세이기 때문이다.

그런데 기개세는 검실에서 검을 뽑아 화살이 지척에 이르기 전에 대응하고 있으니 그의 발검이 얼마나 빠른지 짐작할 수 있을 정도다.

칵!

따땅!

기개세가 휘두르는 절대신검이 쏘아오는 화살 하나를 절반으로 잘랐다. 그리고 두 대의 화살은 각기 다른 방향의 바닥에 꽂혔다.

기개세는 왼손으로 나운상의 궁둥이를 받쳐 안고는 오른손의 절대신검을 움켜쥔 채 벽을 뚫어지게 주시했다.

나무 벽에는 십여 개 이상의 구멍이 숭숭 뚫린 채 그곳을 통해 밝은 햇살이 스며들고 있었다.

그리고 실내에 숨 막힐 듯한 고요가 흘렀다.

기개세는 오통 때문에, 나운상은 기개세 때문에 꼼짝을 할 수 없는 상황이다.

나운상은 나무 벽을 돌아보지도 못하는 자세라서 답답하기 짝이 없었다.

이 상태로는 기개세를 보호하기는커녕 제 한 몸조차 보살필 수가 없기 때문이다.

그러나 그의 품에서 벗어날 수도, 바닥에 내려설 수도 없는 상황이다.

그녀가 움직일 때 화살이 쏘아 들어온다면 큰 낭패를 보게 될 것이다.

왈칵!

그때 방문이 거칠게 열리면서 진운상과 손진, 유석이 달려들어 왔고, 그 뒤로 다른 능소지 친구들이 우르르 몰려들었다. 나운상의 외침을 듣고 달려온 것이다.

"모두 방문 쪽 벽으로 바짝 물러서라! 어서!"

기개세가 돌아보지도 않고 다급히 외쳤다.

능소지 친구들은 방 안에 벌어져 있는 광경에 크게 놀랐으나 일사불란하게 뒤로 물러나 등을 벽에 붙였다.

퍼퍼퍽!

그 순간 전면의 나무 벽을 뚫고 또다시 세 개의 금빛 화살이 쏘아 들어왔다.

째앵!

그 즉시 검을 휘두른 기개세는 그중 하나를 튕겨내고, 나머지 두 발은 좌우 바닥에 꽂혔다.

"어멋?"

벽에 붙어 서 있던 부옥령의 발끝에서 한 자쯤 떨어진 바닥에 화살이 꽂히자 그는 화들짝 놀라며 여자처럼 비명을 질러댔다.

"모두 움직이지 마라!"

기개세가 다시 낭랑하게 외치자 모두들 벽에 붙어선 채 바짝 긴장하여 전면 나무 벽을 주시했다.

하지만 그때부터 열 호흡쯤 지났는데도 화살은 더 이상 쏘아오지 않았다.

[내려주세요.]

나운상이 조심스럽게 전음을 보내자 기개세는 전면의 나무 벽에서 시선을 떼지 않은 상태에서 천천히 그녀를 바닥에 내려주었다.

[호위해라.]

기개세는 나직이 전음을 보내고는 즉시 오통을 살펴보려고 그 옆에 무릎을 꿇었다.

그는 우선 오통의 생사부터 확인해 보았다. 긴장된 마음으로 맥을 짚어보자 다행스럽게도 미약하나마 맥이 뛰었다.

'살아 있다!'

나운상은 화살로부터 기개세를 보호해야 한다는 생각 때문에 극도로 긴장한 채 전면의 벽을 눈도 깜빡이지 않고 쏘아보았다.

여차하면 자신의 몸으로라도 화살을 막아서 기개세를 보호하려는 당찬 각오다.

그때 진운상과 유석, 서주동 세 명의 남자가 달려와 나운상 좌우에 일렬로 늘어서며 검을 뽑아 들었다.

차창!

그들은 벽에 뚫린 구멍과 바닥에 꽂혀 있는 십여 개가 넘는 화살들, 그리고 화살에 맞아 쓰러져 있는 오통을 보고 대충 사태를 짐작한 것이다.

이어서 손진과 유정, 부옥령이 재빨리 기개세에게 달려왔다.

기개세가 오통의 옆구리에 꽂힌 화살의 깃대를 잡자 무엇을 하려는 것인지 짐작한 손진이 즉시 허벅지에 꽂힌 화살 깃대를 잡았다.

기개세는 손진을 보면서 고개를 가볍게 끄덕여서 신호를 보내고는 힘을 주어 화살을 뽑았다.

드드득!

"오 반사를 의방으로 옮겨라."

기개세의 지시에 부옥령이 조심스럽게 오통의 상체를 안아 들었다.

부옥령은 자신을 여자로 여기는지 언제나 손진, 유정 등과 행동을 함께했다.

손진과 유정은 아래쪽에서 오통의 두 다리를 각자 나누어 들고는 방을 나갔다.

그녀들이 나가자마자 정경총령이 대여섯 명의 정경고수들을 거느리고 들이닥쳤다.

"유영 생도, 무사하오?"

그는 들어서자마자 빠르게 기개세의 온몸을 살펴보고 나서 대답을 듣기도 전에 안도의 표정을 지었다.

"어떻게 된 일입니까?"

기개세는 대답 대신 굳은 표정으로 물었다.

정경총령의 얼굴이 긴장으로 물들었다.

"암습자는 대정숙 밖에서 공격을 가했소. 대정숙이 문을 연 이래 이런 일은 한 번도 없었소."

"역시 밖에서 공격했군."

기개세는 자신의 짐작이 맞자 표정이 더욱 굳어졌다.

정경총령은 나무 벽 쪽을 향해 일렬로 서 있는 나운상 등을 보면서 손을 저었다.

"정경고수들이 암습자를 추격하고 있으니 이제 그만 물러나도 되오."

이어서 그는 나무 벽에 뚫린 구멍과 실내 바닥에 어지럽게 꽂혀 있는 금빛 화살들을 착잡한 얼굴로 쓸어보았다.

그는 이번에도 암습자가 기개세의 목숨을 노렸을 것이라고 짐작했다.

얼마 전에 그는 소옥군을 연모하는 남궁엽이 질투에 눈이 멀어서 기개세를 죽이려고 했던 것으로 최종 결론을 내리고 보고서를 작성했었다.

그런데 그 후에 남궁엽의 형 남궁산이 소옥군에게 춘약을 먹여서 겁탈하려다가 미수에 그친 사건이 발생했다.

정경총령은 그 일의 진상에 대해 전혀 모르고 있다가 정경 장로가 은밀하게 알려줘서 알게 되었으며, 비밀을 유지하면서 남궁산에 대한 사건을 조사하라는 명령을 받았다.

물론 정경장로는 기개세의 진실한 신분에 대해서는 입을 굳게 다물었다.

그래서 그때까지도 정경총령은 남궁산이 동생의 복수를 위하여 소옥군을 겁탈하려 했을 것이라는 생각에는 변함이 없었다.

하지만 눈앞에 벌어진 사건에 직면해서는 생각을 달리해야 할 것 같다.

소옥군을 연모하던 남궁엽은 이미 죽었으며, 남궁산은 도주를 하여 종적이 묘연한 상황이다.

남궁산은 대정숙의 추적을 받고 있으므로 마음 놓고 활개를 치고 다닐 처지가 못 된다.

더구나 대정숙 담 밖에서 활을 쏘아 능소당 안에 있는 사람을 맞히고 나무 벽을 뚫을 정도의 대단한 실력을 지니고 있지도 않다.

또한 도망자 입장인 그가 청부를 해서 기개세를 죽이려 한다는 추측도 설득력이 떨어진다. 현재의 그는 제 한 몸 추스르기도 어려운 형편이다.

　그렇다면 최초에 길상만교 고수들이 기개세를 죽이려고
했던 것과 남궁엽의 암살 미수, 그리고 조금 전의 화살 공격
등은 소옥군하고는 연관이 없는, 전혀 다른 이유 때문일지도
모르는 일이다.

　정경총령은 기개세를 쳐다보았다. 이번만큼은 선선히 물
러서지 않고 끝까지 물고 늘어져서 어떻게 된 영문인지 자초
지종을 밝혀내야겠다고 마음먹었다.

　"유영 생도, 단둘이 애기 좀 합시다."

　권유처럼 들리지만 명령이다.

　"잠시 기다리십시오."

　저벅저벅…….

　기개세는 묵직한 목소리로 말하고는 창을 향해 걸어갔다.

　의아한 표정으로 지켜보던 나운상은 그가 창을 활짝 열자
깜짝 놀라서 달려갔다.

　"대가! 안 돼요!"

　그녀가 뒤에서 기개세를 끌어안고 옆으로 밀쳤으나 그는
태산처럼 꿈쩍도 하지 않았다.

　기개세는 창밖을 좌에서 우로 천천히 날카롭게 쓸어보다
가 고개를 돌려 실내 바닥에 꽂혀 있는 금빛 화살들을 쳐다보
고는 다시 창밖을 보았다.

　화살이 꽂힌 형태로써 쏘아온 방향을 추측하려는 것이다.

그러는 사이에 나운상은 그의 옆에 바짝 붙어 서서 만일의 사태에 대비했다.

그 뒤쪽에 일렬로 늘어서 있던 진운상과 유석, 서주동은 굳은 듯 복잡한 표정으로 기개세와 나운상의 뒷모습을 바라보고 있었다.

그들은 요 근래에 기개세 주변에서 벌어지고 있는 여러 가지 일들 때문에 마음이 매우 복잡한 상태다.

암습자들이 연이어서 기개세를 죽이려고 하는 이유를 기개세 본인은 알고 있는 듯한데, 그가 거기에 대해서 일언반구도 없으니 그와의 사이에 왠지 버성김 같은 것이 생긴 느낌이었다.

더구나 그 암습의 와중에 애꿎은 우연이 무참하게 죽임을 당했다.

능소지 친구들은 아직까지도 우연의 죽음의 충격에서 벗어나지 못하고 있었다.

그들이 또 다른 괴리감을 느끼고 있는 것은, 얼마 전에 능소지에 가입한 나운상과 담신기가 하루 종일 기개세 곁에 그림자처럼 붙어 있다는 사실 때문이다.

두 사람이 능소지에 가입한 이후 기개세는 두 사람하고만 어울리고 있으며 다른 능소지 친구들하고는 거의 대화도 나누지 않고 있는 실정이다.

그것은 마치 굴러온 돌이 박혀 있던 돌을 뽑아낸 듯한 상황이어서, 박혀 있던 돌, 즉 원래의 능소지 친구들은 우울한 기분에 사로잡혀야만 했다.

하지만 지금까지 그것에 대해서는 기개세에게 한마디도 하지 않고 있는 중이었다. 그가 먼저 말해주기를 기다리고 있는 것이다.

지금도 나운상은 마치 기개세의 그림자라도 되는 듯 다른 사람의 시선은 아랑곳하지도 않고 그를 끌어안거나 바짝 붙어서 호위하고 있다.

그런 것들이 못내 능소지 친구들의 마음을 불편하게 만들고 있는 것이다.

이윽고 기개세의 시선이 한곳에 고정됐다. 그는 그 방향을 눈도 깜빡이지 않고 오랫동안 뚫어지게 주시했다.

나운상은 그가 주시하고 있는 곳을 쳐다보았다. 하지만 아무리 집중을 해서 봐도 파란 하늘만 있을 뿐 아무것도 보이지 않았다.

그녀가 의아한 얼굴로 기개세를 바라보았지만 그는 매우 심각한 표정을 지은 채 그곳에서 시선을 떼지 않았다.

그는 약간 흐릿하기는 하지만 아득히 먼 곳에 있는 한 채의 높은 탑 모양의 건물을 보고 있었다.

창을 통해서 볼 수 있는 사물은 대정숙 내의 것들과 하늘, 그리고 지금 보고 있는 탑 모양의 건물이 전부다.

정확한 거리는 알 수 없으나 대략 십여 리쯤 될 듯했다.

기개세가 십여 리나 먼 거리에 있는 탑 모양의 건물을 볼 수 있는 이유는 순전히 만년혈천수와 만년옥정유를 복용했기 때문이다.

그는 두 가지 영액(靈液)의 효능을 아직 백분의 일도 발휘하지 못하고 있다.

하지만 그것들은 그 자신도 모르는 사이에 온몸 구석구석에 고르게 퍼져서 분출될 시기만 기다리고 있는 중이었다.

평소에는 그 효능들이 전혀 발현(發顯)되지 않지만, 지금처럼 안력을 돋우어 무엇인가를 보려고 시도하면 만년혈천수와 만년옥정유의 효능이 시력을 가일층 증가시켜서 그것을 가능하게 만들어주는 것이다.

화살을 쏜 각도나 대정숙 내를 낱낱이 구별해서 볼 수 있다는 점에서는 탑 모양의 건물이 화살을 쏜 지점으로 유력하다고 할 수 있었다.

하지만 과연 화살을 십여 리나 멀리, 그리고 바로 눈앞에서 쏘는 것처럼 정확하게 쏠 수 있는 사람이 무림에 존재하겠는가, 라는 것이 기개세의 의문이었다.

"유영 생도."

한동안 기다리고 있던 정경총령이 다시 기개세를 불렀다.

하지만 그는 곧 방에서 쫓기듯이 나가야만 했다.

그가 두 번째로 기개세를 부르자마자 정경장로가 들어와서 그와 정경고수들에게 물러가라는 손짓을 했기 때문이다.

정경장로는 정경총령뿐만 아니라 능소지 친구들도 모두 나가게 했다.

그런데도 기개세는 그 사실을 모른 채 탑 모양의 건물만 주시하면서 생각에 잠겨 있었다.

정경장로는 그의 상념을 깨지 않으려고 뒤쪽에 시립하는 듯한 자세로 서서 기다렸다.

오랜 생각 끝에 기개세는 암습자가 탑 모양의 건물 꼭대기에서 화살을 쏘았을 것이라는 결론을 내렸다.

그리고 한 가지 사실을 깨달았다. 어둠 속에 웅크리고 있는 암습자의 배후를 밝은 곳으로 끌어내기 위해서라면, 자신이 미끼가 될 수밖에 없다는 사실이다.

기개세는 몸을 돌리다가 정경장로를 발견하고 정중히 공읍을 취했다.

"장로님."

그러자 정경장로는 크게 당황하여 얼른 포권을 하며 기개세보다 더 공손히 허리를 굽혔다.

"보셨습니까?"

정경장로는 탑 모양이 있는 건물이 있는 방향을 보면서 나직이 물었다.

기개세는 가볍게 고개만 끄덕였다.

"양수하라는 곳에 있는 건물인데, 천지각(天地閣)이라는 기루의 소유로 천충루(天衝樓)라고 합니다. 천충루에서는 낙수

주변과 낙양성 내까지 한눈에 관망할 수 있기 때문에 그곳에서 술을 마시는 것이 손님들에게 인기가 매우 높다고 합니다."

양수하라면 기개세도 조금은 알고 있었다. 낙양성 서쪽의 낙수와 윤수 두 물줄기가 합쳐지는 곳으로, 그곳에 가란과 설화쌍봉을 위해서 기루를 지으라고 나신효에게 명령한 적이 있었기 때문이다.

"정경고수들이 오 리쯤 접근했을 때 본 것은 천충루 구 충 지붕 꼭대기에 한 명의 청삼인이 서서 대정숙을 향해 화살을 쏘아내고 있는 광경이었다고 합니다."

기개세는 그만한 거리에서 화살을 쏘아낼 만한 사람이 있을 것인가 반신반의했으나 과연 현실로 드러났다.

십여 리 거리에서 그토록 정확하게 화살을 쏠 수 있을 정도라면 굉장한 고수가 분명하다.

만약 기개세가 외출이나 외박을 얻어서 대정숙 밖에 나갔을 경우에 그자가 수백 장이나 수십 장 거리에 숨어서 또다시 화살을 쏜다면 결코 피할 수 없을 것이다.

"현재 본 숙의 절반에 달하는 정경고수들이 암습자를 추격하고 있으며, 천검사호문이 낙양성 안팎을 완전히 봉쇄한 상황입니다."

대정숙의 정도고수 중에 정경고수가 오백 명으로 가장 많은데, 그 절반에 달하는 수라면 이백오십 명에 이른다.

더구나 천검사호문이 낙양성 안팎을 봉쇄했다면 쥐 한 마리조차도 빠져나가지 못할 것이다.

그런데도 기개세는 왠지 암습자를 잡지 못할 것 같다는 생각이 들었다.

"추후에 이런 일이 발생하지 않도록 천충각을 없애도록 하겠습니다."

정경장로는 자신의 의지를 피력했다.

"무슨 뜻입니까?"

"붕괴시키겠다는 뜻입니다."

"아니, 그러지 마십시오."

정경장로의 말에 기개세는 가볍게 고개를 가로저었다.

"방법 때문이라면 염려하지 마십시오. 무력으로라도 붕괴시키겠습니다."

언제나 공명정대한 대정숙이 기개세를 위해서 무력으로 양민의 재산을 파괴하겠다는 것이다. 하지만 대정숙이 하겠다고 하면 아무도 거부하지 못한다.

"그보다는 아예 천지각을 매입하는 것이 좋겠습니다."

기개세의 차분한 말에 정경장로는 의아한 표정을 지었다.

"무엇 때문에 사들이시겠다는 말씀입니까?"

"천지각 매입을 극비리에 진행하고 여태까지와 다름없이 영업을 시킬 것입니다. 기녀 한 명, 숙수 한 명 바뀌어서는 안 됩니다."

"천문주의 말씀은, 암습자를 다시 한 번 천충루로 유인하자는 말씀이십니까?"

기개세는 고개를 끄덕였다.

"배후를 끌어내려면 그 방법뿐입니다."

낙양성 일대에서 대정숙을 한눈에 조망할 수 있는 곳은 천충루뿐이다. 그러므로 붕괴시키지 말고 오히려 역으로 이용하자는 것이다.

"하지만 천문주께서 위험해지십니다. 만에 하나 변이라도 당하시면 천추의 한을 남기게 됩니다."

기개세는 자못 단호한 표정을 지었다.

"천검신문의 문주는 오직 천하의 평화와 안녕을 위해서만 존재합니다. 배후 세력을 찾아내서 대혈풍을 미연에 방지할 수만 있다면 내 한 목숨 기꺼이 던질 수 있습니다."

그러자 정경장로는 마치 캄캄한 암흑 속에서 하나의 촛불을 발견한 듯한 표정을 지으며 기개세를 바라보았다.

나운상도 같은 표정이다. 다만 그녀의 얼굴에는 흐뭇하면서도 정감있는 표정이 겹쳐졌다.

눈이 부신 듯 기개세를 처다보는 정경장로는 자신의 가슴 속에서 이제는 싸늘하게 식어버린 젊은 시절의 '정의'와 '협의'라는 재에 불이 붙여지는 것을 생생하게 느꼈다.

너무도 오랫동안 지속된 평화, 아니, 천검신문이 일곱 차례에 걸쳐서 되찾아주었으나 정파무림이 지키기에는 너무도 버거웠던 소위 '가식적 평화'로 인해서 수많은 협의지사들은 진짜 협의, 즉 '진협(眞俠)'이라는 것을 잊고 지냈었다.

　사실 당금의 무림은, 아니, 천하는 너무도 혼란스럽다. 단지 많은 사람들이 그것을 인정하지 않았을 뿐이다.

　정파와 마도가 그런대로 천하를 양분한 채 잘 이끌어가고 있다고 자위하는 수준이다.

　이런 상황에 대혈풍이 불어닥친다면 천하는 순식간에 아비규환에 빠져 버리고 말 것이다.

　무림 이천오백여 년의 장구한 역사 속에서 천문주의 출현은 언제나 대혈풍이 불어닥치기 직전에 있어왔다.

　천문주가 출현하지 않는다는 것은 대혈풍이 없을 것이라는 뜻이다.

　정경장로는 이 땅에 무림이 생긴 이후 여덟 번째로 천하를 구하기 위해서 출현한 천문주를 바라보면서 뭐라고 표현하기 어려운 진한 감동을 느꼈다.

　"천문주, 소인 감히 한 가지 말씀을 드려야겠습니다."

　기개세가 창에서 물러나 쓰러진 탁자와 의자를 똑바로 세우고 의자에 앉자, 나운상은 그 뒤에 섰다.

　"천문주의 안전을 위해 대정숙을 퇴교하시고 천검사호문의 호위를 받는 것을 고려해 보시는 것이……."

　"나는 퇴교하지 않을 것입니다."

　기개세는 조용한 어조로 말했다.

　"두 가지 이유 때문입니다."

그는 탁자 맞은편에 서 있는 정경장로를 쳐다보다가 창 쪽으로 시선을 던지며 말을 이었다.

"첫째, 내가 암습을 당하기에는 이곳이 최적의 장소이고, 둘째, 나는 제대로 된 인간이 되고 싶습니다."

무림 최고의 교육 전당이며 철옹성인 대정숙이 장차 대혈풍을 일으킬 배후 세력들이 버젓이 활개치고 다녀도 속수무책인 시장바닥으로 전락하는 순간이다.

하지만 그것이 현실이므로 정경장로는 꿀 먹은 벙어리가 될 뿐이었다.

또한 매우 위험하기는 하지만 지금으로선 기개세가 미끼가 되어 배후 세력으로 하여금 재차 도발하게 하는 방법이 최선일 수밖에 없다.

정경장로는 기개세가 말한 둘째 이유 때문에 위로를 받을 수 있었다.

말인즉, 천검신문 태문주의 후계자가 교육을 받기는 대정숙이 최고라는 뜻이었다.

기개세는 일어나서 정경장로에게 정중히 말했다.

"장로님, 잘 부탁드립니다."

이곳은 제아무리 천검사호문이라고 해도 함부로 출입할 수 없으므로 기개세가 미끼가 되면 안전을 전적으로 정경장로 손에 맡겨야만 한다.

말하자면, 기개세는 자신의 목숨을 정경장로의 손에 일임

한 것이다.

천하의 운명이 자신의 어깨에 달려 있음을 깨달은 정경장
로는 자세를 바로 하고 기개세에게 공손히 포권하며 허리를
굽혔다.

"목숨을 바쳐서 천문주를 호위하겠습니다."

기개세는 빙그레 미소 지었다.

"그게 아닙니다."

"네?"

"나를 호위하기보다는 나를 이용해서 배후 세력의 꼬리를
잡아야지요."

"아……."

정경장로는 가볍게 얼굴을 붉혔다. 그는 평생에 걸쳐서 지
금처럼 얼굴을 붉힌 적이 손가락에 꼽을 정도로 적었다.

하지만 기개세의 살신성인적인 마음 앞에서는 그저 부끄
럽고 감읍할 따름이었다.

정경장로는 마음속에서 충심으로 우러나는 생각을 겉으로
드러내지는 않았다.

'그렇지만 배후 세력을 잡는 것보다 천문주의 안위가 소인
에게는 훨씬 더 중요합니다.'

第六十章

복수(復讎)

기개세는 나운상이 이끄는 대로 그녀의 방으로 가서 어깨를 치료했다.

나운상은 기개세의 어깨를 치료하는 내내 어두운 표정으로 입을 꼭 다물고 있었다.

대정숙이 더 이상 안전하지 않은 장소고, 기개세가 스스로를 미끼 삼아서라도 배후 세력을 색출하겠다는 것 때문에 걱정이 태산 같아서다.

슥—

"이대로는 안 되겠어요. 대정총장에게 주군의 신분을 밝히고 천검사호문의 최정예 고수들을 들어오게 해서 주군을 호위하도록 해야겠어요.”

치료를 하는 동안 이 궁리 저 궁리하던 나운상이 치료를 끝내고 일어나면서 제법 단호한 어조로 말했다.

그녀의 말처럼 대정숙의 최고 우두머리인 대정총장에게 모든 사실을 밝히면 전적으로 협조해 줄 것이다.

하지만 그렇게 되면 득도 있겠으나 실도 있을 터이다. 기개세가 천문주라는 사실이 더 이상 비밀이 아닐 수도 있게 되는 것이다.

될 수 있으면 그가 천검신문 태문주가 될 때까지 한 명이라도 그의 신분을 모르는 것이 좋다.

신분이 드러나지 않는다는 것은 그만큼 안전하다는 사실과 직결된다.

또한 필경 대정총장은 일을 크게 벌일 터이니 배후 세력을 색출하기보다는 더욱 움츠러들게 만들 가능성도 있다.

그러므로 지금으로선 이대로가 적절하다. 대정숙의 실세는 오백 명의 정경고수들을 거느리는 정경장로다.

그가 협조를 아끼지 않는다면 구태여 대정총장까지 끌어들일 필요는 없다는 것이 기개세의 생각이었다.

문득 기개세의 시선이 나운상의 둔부로 향했다. 그녀의 왼쪽 둔부 약간 아래쪽에 가로로 손마디 하나 정도의 상처가 생겨서 피가 흐르고 있었다. 아까 화살에 스친 자국이다.

“이리 와서 치료나 하자.”

“무슨 치료요?”

나운상은 고개만 돌려 뒤돌아보면서 의아한 표정을 지었
다.

“네 궁둥이에서 피가 나고 있다.”

“어머?”

깜짝 놀란 나운상은 기개세가 보지 못하도록 급히 돌아서
면서 손으로 둔부를 가리며 뾰족한 소리를 냈다.

“이까짓 것은 괜찮아요.”

말은 그렇게 했으나 잊고 있던 상처에 손이 닿으니 무척이
나 쓰라려서 그녀는 자신도 모르게 얼굴을 찌푸렸다.

“아…….”

“그것 봐라. 그냥 놔두면 덧나니까 어서 치료하자.”

하지만 나운상은 엉거주춤하게 선 채 얼굴만 붉힐 뿐 치료
를 하지 않았다.

아니, 하지 않는 것이 아니라 할 수가 없다. 천하에 자신의
궁둥이에 난 상처를 직접 치료할 수 있는 사람은 한 명도 없
을 것이다.

“이리 와라. 내가 치료해 주마.”

기개세가 빙그레 미소 지으면서 손짓을 하자 나운상이 펄
쩍 뛰며 손사래를 쳤다.

“말도 안 돼요!”

“뭐가 말이 안 된다는 것이냐?”

기개세는 느긋했다.

"어쨌든 안 돼요."

나운상은 새초롬한 얼굴로 두 손으로 둔부를 가린 채 새된 소리를 냈다.

주군과 수하, 아니, 종의 관계이지만 그녀는 기개세와 단둘이 있을 때에는 마치 연인이나 된 것 같은 착각을 하고 있는 모양이다.

"내가 다치면 누가 치료하느냐?"

기개세의 물음에 나운상은 당연하다는 듯 대답했다.

"그야 소녀가 하지요."

"그럼 네가 다치면 누가 치료하지?"

"소녀가 스스로 치료하지요?"

"손이 닿지 않는 부위라면?"

"그것은……."

"그냥 덧나거나 썩게 내버려 둘 테냐?"

"……."

나운상은 할 말을 잃고 빨간 입술을 삐죽거렸다.

그것을 보고 기개세는 진중한 표정을 지었다.

"너와 나는 매우 특별한 관계다. 만약 내게 무슨 일이 생긴다면 너를 전적으로 믿고 나를 맡길 수 있다."

"주군……."

나운상의 궁둥이를 치료하려고 꺼낸 말이지만 그것은 기

개세의 진심이었다.

나운상은 기개세가 자신을 그 정도까지 생각하고 있다는 사실에 크게 감동하여 목이 메었다.

"그런데 너는 나를 믿지 못해서 그까짓 작은 상처 하나도 내게 맡기지 못하는구나."

기개세는 짐짓 분위기를 무겁게 깔면서 이 정도면 나운상이 굴복할 것이라고 내심 생각했다.

"그, 그게 아니에요!"

"뭐가 아니냐?"

나운상은 가슴속에 품고 있는 생각을 말로 표현하는 것이 여의치 않자 입술을 잘근잘근 깨물다가 주먹을 꼭 쥐고 소리쳤다.

"알았어요. 치료해 주세요."

"나를 어떻게 믿고 상처를 맡기려는 것이냐?"

기개세가 짐짓 서운한 듯 씁쓸한 표정을 짓자 나운상은 가슴이 찢어지는 듯한 아픔을 느꼈다.

쿵!

그녀는 그 자리에 무릎을 꿇고 이마를 바닥에 대며 비통하게 읊조렸다.

"속하의 목숨은 온전히 주군의 것입니다. 지금 당장 죽으라고 한마디만 하시면 즉시 죽어 보이겠습니다."

기개세는 혀를 찼다.

"쯧쯧… 죽을 용기는 있으면서 치료받을 용기는 없는 게
냐?"

쿵!

나운상은 이마로 바닥을 짓찧었다.

"치료받는다고 했잖습니까?"

"나를 어떻게 믿고 상처를 맡기려는 것이냐?"

또 그 얘기다.

나운상은 발딱 일어섰다.

"어떻게 하면 되죠?"

"침상에 엎드려라."

나운상은 기개세가 또 딴소리를 하기 전에 부리나케 침상
으로 달려가 납작하게 엎드렸다.

"궁둥이 까라."

기개세는 엎드려 있는 나운상의 곧게 뻗은 종아리 위에 그
녀의 머리 쪽을 향해서 털썩 주저앉으며 대수롭지 않게 요구
했다.

"그게 무슨……"

나운상은 고개를 돌려 기개세를 보려고 애쓰면서 의아한
표정을 지었다.

확!

그때 기개세가 다짜고짜 그녀의 바지를 허벅지까지 끌어
내렸다.

“악!”

그녀는 발버둥치면서 항의했다.

“무슨 짓이에요!”

기개세는 감중연한 얼굴로 궁둥이의 상처를 이리저리 살피며 중얼거렸다.

“뭐가 말이냐?”

“왜 소녀의 바지를 벗긴 거죠? 어서 입혀주세요.”

그녀는 자신을 ‘속하’ 라고 했다가 ‘소녀’ 라고 하는 둥 이랬다저랬다 하고 있다.

“그럼 바지를 벗기지 않고 궁둥이를 치료할 수 있느냐?”

“끙······.”

나운상은 상처 부위의 옷을 살짝 찢고 치료를 하면 되지 않느냐고 항변을 하려다가 기개세가 또다시 나를 믿지 못하느냐. 어쩌구 하는 한바탕 흰소리를 늘어놓을까 봐 신음 소리만 내고 말았다.

하지만 기개세가 그녀의 종아리 위에 걸터앉아 있기 때문에 둔부 깊숙한 곳의 은밀한 부위를 일목요연하게 보게 될 것이 분명하다.

침상에 엎드리라고 해서 엎드렸는데 설마 기개세가 종아리에 걸터앉아 다짜고짜 바지를 홀렁 벗길 줄은 꿈에도 생각하지 못한 나운상이다.

그러나 죽으면 죽었지 은밀한 부위를 송두리째 무방비 상태로 보일 수는 없는 노릇이다.

십칠 년 동안 그 누구에게도 보인 적이 없는 부끄럽고도 은밀한 부위가 아닌가.

더구나 상대는 그녀가 죽을 때까지 목숨을 바쳐서 모셔야 하는 주군이며 단 하나뿐인 남자다.

만약 기개세가 그녀의 몸을 요구한다면 언제라도 기쁜 마음으로 응할 테지만 지금 이런 모습은 절대로 아니다.

은은한 촛불 이래에서 갓 목욕을 하고 나온 촉촉한 나신을 보여주고, 그래서 자신의 아름다움을 한껏 뽐내고 싶은 것이 그녀의 속내다.

그런데 이따위로 침상에 엎드려서 궁둥이를 까발리고 은밀한 부위를 훤히 드러내 놓는다는 것은 생각하는 것만으로도 창피해서 소름이 돋을 지경이었다.

나운상은 급히 오른손을 뒤로 돌려 계곡을 가렸다. 그런데 손이 커서 상처까지 덮어버렸다.

아니, 손이 크다기보다는 궁둥이의 상처가 계곡 쪽에 가깝게 있어서 덮여 버린 것이다.

"치워라."

기개세가 나직이 말했지만 나운상은 입술을 꼭 깨문 채 손을 치우지 않았다.

그러자 기개세는 그녀의 손을 잡아 둔부에서 치웠다.

하지만 나운상은 포기하지 않고 이번에는 궁둥이에 잔뜩

힘을 주어 계곡이 딱 붙게 만들었다. 최후의 발악이다.

'허허… 이 녀석이.'

허리는 기개세의 손아귀에 들어올 정도로 잘록하고, 그 아래 떡가루처럼 희고 뽀얀, 그리고 풍만한 둔부가 잔뜩 힘을 주고 있으니 씰룩거리면서 기묘한 형상이 되었다.

철썩!

"인석아, 힘 빼라."

"악!"

기개세가 손바닥으로 오른쪽 둔부를 때리자 나운상은 뾰족한 비명을 지르며 순간적으로 둔부에서 힘이 빠졌다.

손으로 가릴 수도, 궁둥이에 힘을 줄 수도 없는 나운상은 눈물이 나올 지경이었다.

아니, 너무 부끄러운 나머지 실제로 두 눈에 눈물이 그렁그렁 고였다.

"상아."

기개세가 금창약의 뚜껑을 열면서 조용히 말했으나 나운상은 대답하지 않았다.

"지난번에 내가 혼절해 있을 때 너는 내 몽둥이를 갖고 놀지 않았었느냐?"

"몽… 둥이라뇨?"

부끄러움 때문에 거의 제정신이 아닌 나운상은 건성으로 물었다.

"내 사타구니에 달려 있는 것 말이다."

보통의 사내들은 이런 식으로 말하지 않는다. 하지만 그는 보통의 사내가 아닌 기개세다.

"……."

나운상은 눈을 커다랗게 뜨고 놀라더니 곧 얼굴을 바닥에 묻어버렸다.

기개세에게 자신의 은밀한 부위를 보이는 것보다 더한 부끄러움이 파도처럼 몰려들었다.

그 당시에 그녀는 그 물체(?)가 설마 기개세의 음경일 줄은 꿈에도 몰랐었다.

단지 그의 사타구니 속에 그를 해치려는 물체가 들어 있을지도 모른다는 단순한 생각에 꺼내봤을 뿐이다.

그런데 그것이 갑자기 튀어나오면서 그녀의 얼굴을 때리고, 뒤늦게 그것이 음경이라는 사실을 깨달은 그녀는 다시 집어넣으려고 비지땀을 흘리면서 씨름을 했었다.

바로 그때 기개세가 깨어나 그 광경을 봤던 것이다.

그 당시에는 물론이고 조금 전까지도 그 상황에 대해서는 아무 말도 없더니, 지금에서야 기개세가 불쑥 그 얘기를 꺼낸 것이다.

"그때 나는 아무렇지도 않았다."

기개세가 조용히 중얼거리면서 금창약을 듬뿍 손가락에 찍어서 둔부의 상처에 바르기 시작했다.

“그러니까 너도 나처럼 좀 초연해져라.”

나운상은 지독한 쓰라림 때문에 둔부에 움찔 힘이 들어갔으나 곧 풀어졌다.

그녀의 관심사는 곧 다른 곳으로 옮겨졌다. 그녀는 눈을 꼭 감은 채 기어드는 목소리로 조심스럽게 물었다.

“소녀가 그것을… 만지고 있는 데에도… 아… 아무렇지도… 않았나요?”

십칠 세 소녀로선 정말 묻기 어려운 말이다. 하지만 그녀로선 반드시 짚고 넘어가야 할 말이기도 했다.

“응.”

기개세의 담담한 대답에 나운상은 언뜻 서운함을 느꼈으나 포기하지 않았다.

“주군께선 소녀를 여자로 여기지 않나요?”

지금 그녀는 기개세가 자신의 소중한 부위를 보고 있다는 것에 대해서는 잠시 잊고 있었다.

기개세는 상처에 고루 금창약을 바르면서 한동안 대답을 하지 않았다.

나운상은 조바심이 났으나 아무 말도 하지 않았다. 방금 전 두 가지 물음은 수하가 주군에게 할 질문이 아니다.

그녀는 이미 도를 넘어섰다. 그러므로 더 이상 묻는 것은 위험천만한 일이었다.

하지만 그녀의 내심은 반드시 주군의 대답을 들어야만 한

다고 조바심을 내고 있다. 그래서 그것이 조금 더 무모한 용
기를 내게 해주었다.

"소녀를 단지 수하로만 여기고 계신… 가요?"

기개세는 깨끗한 천을 잘라서 상처에 붙이면서 중얼거렸
다.

"그렇지는 않다."

"그럼… 소녀는 주군께 뭔가요?"

"현재로선 나와 가장 가까운 사람이다."

"그것뿐인가요?"

"그것 말고 뭐가 있느냐?"

기개세는 의아한 얼굴로 나운상의 푹 숙이고 있는 뒷머리
를 바라보았다.

그녀는 뒷머리에 따가운 시선을 느끼고 입을 꼭 다문 채 아
무 말도 하지 않았다.

"거긴 괜찮으냐?"

기개세가 불쑥 뜬금없는 물음을 던졌다.

"거기… 라뇨?"

"아까 내가 찌른 곳 말이다."

정신이 온통 다른 곳에 가 있는 나운상은 기개세가 그렇게
까지 말하는 데에도 알지 못했다.

"무슨 말씀이신지……."

슥—

"여기 말이다. 아까 좀 세게 찌른 것 같은데 다치지 않았느냐 말이다."

기개세는 나운상이 못 알아듣자 손으로 직접 계곡 깊은 곳을 슬며시 찔렀다.

"……!"

순간 나운상은 온몸에 펄펄 끓는 뜨거운 물을 뒤집어쓴 듯한 강한 충격을 받았다. 그중에서도 계곡 깊은 곳이 가장 뜨거웠다.

기개세는 제딴에는 산전수전 두루 겪은 교활한 여우라고 생각하고 있었지만, 실상 여자의 심리에 대해서는 절대적으로 문외한이었다.

그 이유는 그가 몹시 자기 주관이 뚜렷한 성격이기 때문이다. 다시 말해서 지금까지 상대의 말을, 특히 여자의 말을 귀담아듣지 않았다는 뜻이다.

그래서 여자에게 어떤 말을 하고 무슨 행동을 하면 안 된다는 것과 그렇게 하면 상대가 어떤 마음을 갖게 되는지에 대해서 전혀 모르고 있었다.

그는 많은 여자들을 상대해 봤으나 그중에서도 무창성 쌍봉루의 루주 가란과 설화쌍봉과의 교류가 가장 많았다.

그 세 여자는 기개세가 무슨 말이나 행동을 하든 무조건 좋아하고 다 받아들였다. 특히 자신들의 몸을 만져 주는 것을 아주 좋아했다.

문제는, 그 세 여자가 세상의 여자들하고는 많이 다른 사고 방식을 갖고 있다는 사실이었다.

"여기도 약 발라줄까?"

나운상은 기개세의 손가락 끝이 자신의 은밀한 부위를 쓰다듬듯이 가볍게 찌르는 것을 느끼며 자신도 모르게 둔부에 잔뜩 힘이 들어갔다.

"상아, 힘 빼라. 손가락 잘라지겠다."

나운상은 결론을 내렸다. 그 결론에 의하면, 기개세가 자신을 여자로 대하기는커녕 순전히 장난으로 대하고 있다는 것이었다.

하지만 그녀의 그런 생각은 길게 가지 않았다.

치료를 끝낸 기개세가 친절하게 그녀의 속곳과 바지를 입혀준 후에 침상에서 내려가면서 툭 던진 말 때문이다.

"자고로, 사내의 그 물건이란 여자를 대하면 몽둥이가 되는 법이니라. 험!"

*　　　*　　　*

기개세가 보낸 친서를 읽고 있는 취봉선자 우지화의 표정은 그 어느 때보다도 엄숙했다.

남궁세가가 어떤 식으로든 배후 세력과 관련이 있는 것으로 드러날 경우 가주(家主) 이하 남궁일가(南宮一家)의 삼족(三族)을 멸하라. 이 명령은 우지화가 주도하되 우연의 이름으로 내리는 응징임을 명심하라.

　우지화는 기개세의 친서를 읽고 또 읽었다. 그리고는 끝내 감격의 눈물을 쏟아냈다.
　기개세, 아니, 문주의 깊은 진심이 가슴이 아리도록 절절하게 전해졌기 때문이다.
　우지화를 제외한 천검삼신위는 오랜 시간 침묵을 지키면서 그녀가 입을 열기를 기다렸다.
　여장부 우지화는 눈물을 쏟으면서도 울음소리를 내지 않으려고 애썼으나 결국 흐득흐득 흐느껴 우는 소리를 터뜨리고야 말았다.
　"으흐흑… 주군……!"
　천검삼신위는 그 모습을 보면서 가슴속에 잔잔한 감동이 흐르는 것을 느꼈다.
　'과연 주군은 다르시다!'
　세 사람은 모두 속으로 그렇게 외치고 있었다.
　기개세의 친서가 처음에 도착했을 때 우지화는 볼일 때문에 외출 중이었다.
　맨 먼저 도기운이 친서를 읽었고, 나궁조와 담무혁이 차례로 읽었다.

세 사람은 친서의 내용에 대해서는 한마디도 대화를 나누지 않았으나 그것이 담고 있는 깊고도 다양한 뜻을 충분히 이해했다.

친서에는 세 가지 중요한 의미가 담겨 있었다.

첫째, 남궁가 삼족을 멸함으로써 일벌백계(一罰百戒)의 본보기로 삼으려는 것이다.

그들을 멸하는 것에는 '배후 세력의 앞잡이일 경우'라는 단서가 붙었다.

즉, 천하를 짓밟으려는 배후 세력에 동조하는 방, 문파는 배후 세력이나 다름이 없는, 아니, 그보다 더한 악의 무리이기 때문에 가차없이 멸한다는 것이다.

둘째, 천검신문의 위엄을 떨치고 배후 세력과 그에 동조하는 중원의 방, 문파에 경종을 울리려는 것이다.

과거 일곱 차례 출현했던 천검신문은 단 한 차례도 정파에 속한 방, 문파를 멸문시켰던 적이 없었다.

천하를 도모하려는 대계를 품은 세력이라면, 중원에 적을 두었든 변방 세력을 막론하고 중원에 깊이 뿌리를 내리고 있는 기존의 방, 문파들을 포섭하여 여러 형태로 유용하게 사용하는 것을 최우선 과제로 삼아왔다.

그 과정에서 많은 중원의 방, 문파들이 앞잡이나 첨병 역할을 했으나 그때마다 천검신문은 그들 모두를 용서하고 설득하여 포용했다.

그러자면 막대한 노력과 비용, 전력이 소비되게 마련이다. 또한 악의 무리보다 더 악한 무리를 용서할 수 없다, 라는 중원의 비등한 여론의 소위 '이해의 상충'이라는 가장 큰 걸림돌이 작용을 했다.

기개세는 그와 같은 폐단을 과감히 척결하려는 것이다. 악은 악일 뿐이다.

천하를 짓밟는 세력을 돕는 방, 문파를 그와 똑같이 취급하여 응징을 하겠다는 것이다.

남궁가 삼족이 멸하면 자연히 남궁세가는 폐문을 할 수밖에 없다.

그러면 중원무림에서는 온갖 구구한 억측과 소문이 창궐할 테지만, 진실을 아는 사람은 소수뿐일 것이다.

그 소수는 필경 배후 세력과 그에 동조하는 중원무림의 방, 문파들이다.

남궁세가의 멸문은 배후 세력에 동조하는 방, 문파들에게 큰 경종을 울릴 것이 분명하다.

당금의 천검신문은 제팔대 문주에 의해서 예전의 자비와 포용을 버렸다.

그 대신 가차없는 응징을 선택했다, 라는 철퇴가 그들 방, 문파의 오금을 저리게 만들 것이다.

셋째, 천검신문의 존엄성과 그에 속한 사람들을 아끼는 문주의 진심이 담겨 있었다.

여태까지는 전설이 천검신문을 만들었으나, 이제는 천검신문 자체가 천검신문의 존엄성을 지키겠다는 것이다.

또한 천검신문에 속한 사람을 건드리면 어떤 대가를 치르게 되는지 분명하고도 단호하게 만천하에 알리는 것이다.

그것뿐만이 아니라 이 조치로 인해서 천검신문에 속한 사람들은 자신의 소속에 대해서 무한한 자긍심을, 그리고 문주에 대해서는 끝없는 존경심을 갖게 될 터이다.

지금 우지화처럼.

그때 방문 밖에서 공손하면서도 조용한 목소리가 들려왔다.

"들어가도 되겠습니까?"

천검삼신위는 의아한 표정을 지었으나 흐느껴 울던 우지화는 뚝 울음을 그치고 놀란 얼굴로 방문을 쳐다보았다. 자신의 동생 우림의 목소리였기 때문이다.

척!

방문이 열리고 들어선 사람은 과연 천검사영의 우림이었다.

그녀는 천검삼신위와 우지화에게 일일이 공손하게 예를 갖춘 후 조심스럽게 입을 열었다.

"주군으로부터 이곳으로 가라는 천명을 받았습니다."

순간 우지화를 비롯한 천검사신위는 기개세가 왜 그런 명령을 내렸는지 즉시 알아차렸다.

도기운은 빙그레 미소 지으며 우지화를 쳐다보았다.

"림아, 네가 할 일에 대해서는 언니가 말해줄 것이다."

우지화는 하도 울어서 발갛게 부어오른 눈으로 동생 우림 앞으로 다가가 섰다. 하지만 그녀의 표정만큼은 어느 때보다도 강인했다.

"림아."

우지화는 또다시 흐르려는 눈물을 참으려고 애쓰면서 손을 우림의 어깨에 얹었다.

"말씀하세요."

취봉문의 문주이며 가문의 대들보인 큰언니의 이런 모습을 처음 보는 우림은 바짝 긴장했다.

곧 울 것처럼 눈초리가 파르르 떨리는 우지화는 잘근 입술을 깨물었다.

"우리 둘이 선봉에서 남궁세가를 짓뭉개 버리는 것이다."

"언니……."

"문주의 천명이시다. 우리 연아의 복수를 하러 가자꾸나."

"아……."

우지화하고는 비교도 할 수 없을 만큼 오만하고 도도한 성격의 소유자인 우림이다.

하지만 이 순간만큼은 걷잡을 수 없이 밀려드는 기쁨과 감동 때문에 몸이 부르르 떨리고 눈시울이 붉어졌다.

"주군의 천명인가요……?"

“그래.”

“연아의… 복수인가요?”

“그래.”

묻는 우림이나 대답하는 우지화의 머릿속엔 며칠 전에 있었던 막내 여동생 우연의 장례식에서 구슬프게 울던 가족들의 모습이 너무도 선명하게 떠올랐다.

남궁가 삼족을 멸하는 것은 이미 기정사실이다.

대정숙을 도주한 남궁산은 산동성에 있는 남궁세가로 돌아가지 않았다.

그 대신 남궁 일족 중에 최고수로 분류되는 세 명이 은밀히 남궁세가를 벗어나는 것이 감시하고 있던 천검사호문의 촉각에 걸려들었다.

그 세 명은 곧장 하북성 북경으로 향했고, 그곳에서 황궁 권력의 중심부에 있는 어느 황족(皇族)을 만났다.

이후 오래지 않아서 황족이 기거하는 집에서 천리마를 탄 한 명의 고수가 서쪽으로 향했다.

그것이 이틀 전의 일이었다.

감시조로부터 그런 사실을 비합전서로 보고 받은 천검사 신위의 생각은 일치했다.

남궁세가의 세 명은 남궁산을 구하기 위해서 북경의 쟁쟁한 황족의 힘을 빌렸다.

그리고 황족은 남궁산을 구해낼 방법을 강구하여 밀정(密

偵)을 낙양성으로 보냈다.

물론 낙양성 어딘가에 은신해 있는 남궁산을 구해내는 것이 목적일 것이다.

북경성에 적을 두고 있는 뇌룡문의 문주 담무혁은 남궁세가의 세 명이 만난 황족이 누군지 비합전서의 서찰만 읽고도 단번에 알 수 있었다.

그리고 그가 낙양성의 누구에게 밀정을 보냈을지도 짐작할 수 있었다.

그러므로 북경성을 떠난 밀정이 내일쯤 낙양성에 도착하면, 그자를 미행하기만 하면 남궁산을 잡는 것은 시간문제였다.

원래 가까스로 대정숙을 탈출한 남궁산은 그 즉시 산동성 남궁세가에 비합전서를 보냈을 것이다.

만약 남궁세가가 떳떳하다면 정식적인 절차를 밟아서 남궁산에 대한 구명을 하거나 대정숙을 방문할 것이다.

하지만 그들은 그러지 않고 편법을 사용했다. 그랬다는 것은 구린 구석이 있다는 뜻이다.

내일 운이 좋으면 남궁산을 잡는 것은 물론이고 남궁세가를 돕고 있는 북경성의 황족이 배후 세력과 결탁했는지의 여부도 알아낼 수 있을 것이다.

어찌 됐든 북경성 황족의 문제하고는 별개로, 남궁세가의 구린내 나는 이면(裏面)은 남궁산을 제압하는 즉시 드러나게 될 것이다.

그것이 밝혀지면 우지화, 우림 자매는 남궁산을 앞세워 남 궁세가를 치러 낙양성을 떠나게 된다.

늦어도 모레면 가능하다.

우림은 입술을 잘근잘근 씹으며 눈에서 새파란 살기를 뿜 어냈다.

"언니, 남궁산의 목은 소매가 자르도록 허락해 주세요."

우지화는 우림의 어깨를 가볍게 두드리며 고개를 끄덕였 다.

*   *   *

다음날 늦은 오후에 기개세는 능소당 자신의 연공실에서 담신기의 보고를 받았다.

"남궁산을 발견했다는 전갈입니다."

담신기는 북경성의 황족이 보낸 밀정이 오늘 정오 무렵에 낙양성 중심부의 어느 장원에 은신해 있는 남궁산을 만났다 는 내용을 자세히 보고했다.

"천검사신위는 주군의 천명을 기다리고 있습니다."

담신기는 보고를 마치고 공손한 자세로 기개세의 명령을 기다렸다.

일전에 기개세는 천검사신위에게 준명령권을 부여한 적이

있었다.

자신이 대정숙에 있기 때문이고, 천검사신위의 권력을 조금 더 상승시켜 줄 필요가 있다고 여겼던 것이다.

그런데도 그들이 기개세의 명령을 기다리고 있는 이유는, 지금의 사안이 그만큼 중요하기 때문이다.

잠시 생각하던 기개세는 진중한 표정으로 입을 열었다.

"남궁산과 밀정을 미행시켜라."

"각각 따로 말입니까?"

남궁산과 밀정이 함께 행동할 것이라고 예상했던 담신기로서는 당연한 의문이고 질문이다.

하지만 그는 곧 자신이 주군의 천명에 토를 달았다는 사실을 깨닫고 황망히 허리를 굽혔다.

"주군, 용서하십시오."

그러나 기개세는 개의치 않고 설명해 주었다.

"밀정은 남궁산을 낙양성에서 꺼내주고 안전한 지역까지 데려다주는 역할만 한 후에 둘은 헤어질 것이다. 남궁산은 집을 못 찾아갈 만큼 바보가 아니거든."

"그렇군요."

남궁산은 자신도 모르게 중얼거리며 고개를 끄덕였다.

기개세는 빙그레 미소를 지었다.

"아직 봄이 되려면 멀었는데도 꿩이란 놈은 봄이 온 줄 알고 자신이 있는 곳을 알려주었으니[春雉自鳴], 그다음에는 둥

지로 돌아가는 일만 남았지."

처음에 담신기가 기개세를 만났을 때에는 장난기만 가득하고 진중함이란 없는 사람처럼 보였다.

그런데 곁에서 그를 지켜보는 동안 담신기는 자주 놀라게 되었다.

기개세의 번뜩이는 지혜와 진지한 생각은 마치 구름 사이로 가끔씩 비치는 햇빛처럼 빛났다. 그것이 담신기를 놀라고 감탄하게 만드는 것이다.

이즈음에 이르러 담신기는 기개세가 수많은 껍질에 둘러싸여 있다는 생각을 하게 되었다.

방금 기개세는 남궁산을 어리석은 꿩에 비유했다. 즉, 밀정이 남궁산의 위치를 알려주고 낙양성 밖으로 끌어내는 것을 꿩의 울음소리로 비유한 것이다.

"잠깐."

기개세가 손가락 하나를 세웠다. 뭔가 생각났을 때 하는 손짓인데, 새로 생긴 버릇이었다.

"이곳 낙양성에서 남궁세가가 있는 산동성과 북경성은 둘 다 동쪽에 있다. 그러니까 만약 낙양성을 빠져나간 남궁산과 밀정이 계속 함께 간다면 그 둘을 미행할 필요까지는 없을 것 같다."

조금 전의 감탄이 가시기도 전에 담신기는 또 새로운 감탄을 해야만 했다.

기개세는 잠깐 사이에 새로운 사실을 깨우쳤을 뿐만 아니라 그것에 대비한 방법까지 궁리해 낸 것이다.

"그러나 만약 그 둘이 따로 간다면 각자 미행시켜라. 아마도 남궁산은 남궁세가로 돌아갈 테니 별달리 신경 쓰지 않아도 될 테지만, 밀정은 북경성으로 곧장 돌아가지 않을 것이다."

밀정이 남궁산과 헤어져서 혼자 가는 것은 북경성으로 가는 도중에 들를 곳이 있기 때문이라고 추측한 것이다.

"그리고 남궁산이 숨어 있던 낙양성의 장원은 그냥 지켜보기만 해라. 단, 그 장원에 대한 것과 출입하는 자들에 대해서는 완벽하게 파악해야만 한다."

"천명을 받듭니다."

담신기가 물러간 후에도 기개세는 한동안 골똘히 생각에 잠겨 있었다.

그의 머릿속에서는 한꺼번에 여러 가지 생각과 추측들이 어지럽게 뒤엉켜 있었으나 그는 그것들을 하나씩 차근차근 풀어나갔다.

새로운 환경과 교육은 그를 하루가 다르게 변모시키고 있는 중이었다.

第六十一章

사랑하고 있었다

어느덧 새해 정월도 마지막 하루만 남겨놓았다.

기개세는 십팔 세가 되었으며, 그를 비롯한 능소지 친구들은 지난 석 달 동안 치른 승급 시험에서 모두 합격하여 세 등급씩 승급을 했다.

그래서 기개세와 진운상, 손진, 유석, 유정, 서주동은 기등생도(己等生徒)가 되었으며, 부옥령은 그보다 한 등급 아래인 경등생도(庚等生徒)가 되었다.

부옥령은 기개세와 능소지 친구들의 우정 어린 응원에 힘입어서 삼십팔 번째 임등 승급 시험에서 보란 듯이 합격해 버렸다.

그전 삼십칠 번의 승급 시험과는 달리 부옥령의 삼십팔 번째 승급 시험은 그야말로 천지개벽이 벌어졌다.

우선 그는 나부파의 적하검법 일초식을 너무도 완벽하게 전개하여 시험관인 대정반사와 감독관인 대정총령, 그리고 대정장로를 매우 놀라게 만들었다.

그는 시험을 보는 도중에 자신의 예쁘고 아담한 궁둥이에서 터져 나오는 끊임없는 방귀를 조금도 개의치 않았다.

가공할 냄새 때문에 지켜보고 있던 대정생도들과 시험관들이 코를 막고 토악질을 해대는 데에도 전혀 미안한 마음을 갖지 않고 시험에만 전력했다.

부옥령은 예전에 자신의 방귀에 대해서 갖고 있던 병적인 수치심을 이미 버렸다.

그 대신 자신의 방귀가 얼마나 놀라운 재능인지를 깨닫게 되었기 때문에 아주 자랑스럽게 방귀를 뀌어댔다.

평소 부옥령의 방귀 냄새에 단련되어 있던 능소지 친구들은 태연한 얼굴로 구경을 하다가 그의 시험이 끝나자 우레 같은 박수를 쳤으며, 시험에 합격했다는 발표가 떨어지자 그를 헹가래치다가 어깨에 걸쳐 메고는 큰 소리로 노래를 부르면서 시험장을 떠났다.

친구들의 어깨 위에 누워서 어느 때보다 더 파란 하늘을 올려다보며 부옥령은 너무 기쁜 나머지 목이 쉬도록 엉엉 통곡을 했다.

이어서 그는 그다음 달 승급 시험과 또 그다음 달 승급 시험에서도 나부파의 적하검법 이초식과 삼초식을 전개하여 연이어 합격하는 기염을 토해냈다.

만점으로 대정숙에 입교한 천재 나운상은 당연히 세 번의 시험에서 모두 합격하여 대정십등의 최고 등급인 갑등생도가 되었다.

원래 갑등생도, 즉 갑생도였던 담신기는 대정숙을 수료하는 자격을 취득하는 마지막 시험인 '대정총본시'를 석 달 연속 치르지 않았다.

새로 갑생도가 된 나운상도 앞으로 대정총본시는 치르지 않을 작정이었다.

기개세가 갑생도가 된 후 대정총본시를 치를 때 함께 치르고 수료하기 위해서다.

기개세는 대정숙에 입교하여 다섯 번째 승급 시험을 치르고 능소지 친구들의 승급 시험도 모두 관람한 후에 다 함께 무도관을 나섰다.

아예 승급 시험을 치르지 않은 나운상과 담신기를 제외한 기개세와 능소지 친구들은 모두 합격했다.

기개세와 다른 친구들은 무등생도(戊等生徒), 즉 무생도가 되었고, 부옥령은 기생도가 되었다.

무도관에서는 아직도 다른 생도들의 승급 시험이 치러지

고 있었지만 일찍 끝난 기개세 일행은 먼저 나왔다.

그즈음의 능소지는 대정숙 내에 존재하는 파벌들 중에서 가장 잘나갔으며, 또한 제일 유명했다.

능소지는 대정숙 파벌의 간판인 오청반의 인기를 압도한 것은 물론이고, 대정숙 내에 존재하는 어떠한 파벌보다도 모든 면에서 우위를 차지하게 되었다.

매일 십여 명 이상의 생도들이 능소지에 가입하기 위해서 능소당으로 찾아왔다.

하지만 능소지는 나운상과 담신기를 마지막으로 더 이상의 신입을 받아들이지 않기로 전체의 의견을 모았다.

기개세와 능소지 친구들이 파벌을 만든 목적은 서로 협력하여 학습과 무공 수련의 효과를 가일층 높이자는 것과 우정을 다지자는 것이었다.

그런데 모여드는 생도들을 다 받아들이게 되면 원래의 취지가 빛이 바래지기 때문에 현재의 인원을 고수하자고 결정을 내린 것이다.

능소지에는 대정숙 입교 시험에서의 만점자가 두 명에 차점자가 한 명이 있으며, 전 팔세영웅의 발장도 있었다.

또한 승급 시험을 치렀다 하면 단 한 명의 탈락자도 없이 모두 합격하는 위력을 과시하고 있었다.

더구나 입교 이후 서른일곱 차례나 임등 승급 시험에서 탈락하여 상우서시라는 별호를 얻은, 대정숙 최고의 아둔패기 부옥령이 능소지에 가입한 이후 치른 서른여덟 번째의 임등 승급 시험에서 보란 듯이 합격했는가 하면, 그 이후에도 두 차례에 걸쳐서 승급 시험에 연이어 합격하는 불가사의한 위업을 달성했다.

이런 여러 가지 요인들 때문에 능소지의 인기는 가히 하늘을 찌를 정도가 됐다.

매일 학습과 무공 연마에 비지땀을 흘리고 있는 능소지 친구들이 어쩌다가 외부에 모습을 나타내면, 그들과 마주치는 모든 대정생도들이 부러움의 눈빛을 보내곤 했다.

"옥령! 기생도가 된 것을 축하해!"

"호호홋! 그런 의미에서 축하방귀 한 방 발사해 봐!"

무도관을 나오는 기개세 일행은 와자하게 떠들면서 부옥령이 기생도가 된 것을 축하했다.

능소지 친구들 모두 승급 시험에서 합격했으나 가장 축하받을 사람은 당연히 부옥령이었다.

지금 부옥령은 천하를 다 가진 듯한 기분이었다. 능소지에 들어온 이후 그의 인생은 완전히 달라졌다.

그에게 능소지는 무릉도원이고 신세계다. 그리고 기개세는 그의 교주이며 주인이었다.

부옥령은 기개세를 위해서라면 목숨조차도 아깝지 않다. 기개세와 함께 있을 때 부옥령은 가장 빛나고, 최고의 전성기를 누릴 수 있었다.

"좋아!"

한껏 신이 난 부옥령은 무도관의 계단을 내려오다 말고 우뚝 멈추었다.

모두들 기대 어린 표정으로 부옥령을 주시했다. 능소지 친구들에게도, 부옥령에게도 방귀는 부끄러운 것이 아니라 웃음의 소재일 뿐이었다.

그때 갑자기 부옥령이 계단을 하나씩 빠르게 밟으면서 아래로 뛰어내려 가기 시작했다.

그러자 한 계단을 밟을 때마다 제각기 다른 음색과 높낮이의 방귀가 연속적으로 그의 궁둥이에서 뿜어졌다.

뿡! 뿡! 뽀옹! 붕! 삐잉! 풍!

능소지 친구들은 언제 봐도 신기하다는 듯 눈을 동그랗게 뜨고 쳐다보았다.

바로 그때 모퉁이를 돌아서 눈처럼 흰 옷을 입은 소옥군이 계단 아래 끝 쪽에서 나타났다.

하지만 능소지 친구들은 부옥령의 신들린 방귀에 정신이 팔려 있어서 미처 소옥군을 발견하지 못했다.

막 모퉁이를 돌아서 나온 소옥군은 계단에서 벌어지고 있는 광경 때문에 뚝 걸음을 멈추었다.

그녀의 시선은 제일 먼저 부옥령에게 향했다. 그가 경쾌하게 계단을 달려 내려오면서 방귀를 뀌어댔기 때문에 쳐다보지 않을 수가 없었다.

그다음에 그녀의 시선은 계단 중간에 모여 서 있는 능소지 친구들에게로 향했다.

순간 그녀는 움찔 가볍게 몸을 떨었다. 능소지 친구들에게 둘러싸인 채 환하게 웃고 있는 기개세를 발견했기 때문이다.

그때까지도 기개세는 그녀를 발견하지 못한 채 부옥령만 쳐다보고 있었다.

아주 짧은 순간 소옥군은 어떻게 할 것인지 갈등했다.

모퉁이를 돌아서 다시 왔던 길로 갈 것인지, 아니면 그냥 기개세를 외면하면서 계단을 올라갈 것인지 결정을 내리지 못했다.

아니, 지금 그녀의 머릿속은 결정을 내릴 수 있을 만큼 맑은 상태가 아니었다.

이곳에서 기개세를 만날 줄 몰랐기 때문에 머릿속이 흙탕물처럼 혼탁했다.

석 달 전에 남궁산이 그녀를 춘약으로 중독시켜서 강간하려 한 급박한 순간에 기적적으로 기개세가 나타나서 그녀를 구해주었다.

그 당시에 소옥군은 기개세가 자신과 육체관계를 맺어서 춘약을 해독시켜 주었을 것이라고 짐작했다. 그렇지 않고는 춘약을 해독할 방법이 없었기 때문이다.

그런 결론을 내린 그녀는 큰 충격을 받았고, 자신이 어떻게 행동을 해야 할지 갈피를 잡지 못했었다.

하지만 기개세를 원망하는 마음은 조금도 들지 않았다. 오히려 남궁산이 아닌 그에게 순결을 잃은 것을 다행이라고 스스로를 위로했었다.

그러나 단지 그것뿐이다. 순결을 주었다는 것을 빌미로 기개세와 다시 가까워지고 싶다는 생각은 전혀 들지 않았다. 그녀는 그 정도로 비참해지고 싶은 생각이 없었다.

만약 서로 진심으로 사랑하는 사이로서 육체관계를 맺었다면 고민할 필요조차 없다.

아니, 서로 진심으로 사랑했다면 애초에 그와 헤어지지도 않았을 것이다.

그래서 그녀는 침묵하기로 했고, 실제 예전보다 더 깊고 우울한 침묵 속에서 지난 석 달을 보냈다.

그 기간 동안 그녀는 어째서 자신에게 그런 일이 생긴 것인지 수없이 운명을 원망했다.

기개세가 그녀의 순결을 가져갔다는 사실이 기쁘지도 슬프지도 않았다. 단지 그녀를 헤어나기 어려운 끝없는 나락으로 침잠시킬 뿐이었다.

그러면서 그녀는 기개세가 자신을 찾아올지도 모른다는 생각을 했었다.

기개세로서는 어찌 됐든 그녀의 순결을 가져갔기 때문에 어떤 형태로든 접촉을 해올지도 모른다는 생각에서다.

하지만 기개세는 지난 석 달 동안 소옥군을 찾아오지 않았을 뿐만 아니라 서찰도, 다른 사람을 통해서 어떠한 말도 전해오지 않았다.

혹자들은 세월이 약이라고 하지만, 소옥군에게 지난 석 달은 깊은 고독과 괴로움의 연속이었다.

왜냐하면, 세월이 지날수록 기개세에 대한 그리움이 가혹할 정도로 더 거세졌기 때문이다.

어쩌면 그가 그녀의 순결을 가져간 첫 남자가 되었기 때문인지도 모른다.

'그를 사랑하는가?' 스스로에게 수없이 자문해 보았으나 해답이 없었다.

그렇다며 왜 그를 그리워하는 것이지? 다행히 그것에 대한 해답은 있었다.

비록 짧은 기간이었으나, 그녀와 기개세는 너무 많은 추억을 만들었던 것이다.

그것이 사랑인지는 확신할 수 없다. 단지 그를 잊는다는 것은 그 어떤 형벌보다 가혹할 것이라는 사실만 짐작하고 있을 뿐이었다.

최초에는 소옥군 스스로 기개세 곁을 떠났다. 기개세가 세 명의 여자와 벌거벗은 채 침상에서 뒹굴고 있는 광경을 목격하여 그 충격을 이기지 못했기 때문이다.

그때 그 일을 소옥군은 수없이 반추하며 생각을 거듭했으며, 그렇게 해서 내린 결론이 있었다.

기개세가 여자들에게 짓궂은 장난을 치는 것이나 여자들
과 허물없이 지내는 행동은 어떤 흑심이 있어서가 아니라 그
것이 그의 생활의 일부라는 것이다.

어쨌든 그 후에 일어난 몇 가지 사건들, 즉 기개세가 거리
에서 괴한의 습격을 받고, 능소당 거처에서 잠을 자다가 남궁
엽의 암습을 당해서 함께 자던 우연이 죽었으며, 남궁산이 소
옥군을 겁탈하려고 했던 일련의 사건들 때문에 그녀가 기개
세를 떠나야만 했던 사건은 이미 빛이 바래졌다.

소옥군과 기개세의 관계는 마구 헝클어놓은 실타래 같아
서 어떻게 정리해야 할지 모르게 돼버린 상태다.

그녀는 시선을 기개세에게 주고 있었으나 생각에 잠겨 있
느라 실상은 그를 보고 있지 않았다.

바로 그때 기개세가 그녀를 발견했다. 눈동자가 가볍게 흔
들리면서 언뜻 반가운 표정이 떠올랐으나 곧 평소의 모습을
되찾았다.

그 역시 소옥군 못지않게 그녀를 그리워하고 있었다.

하지만 그녀에게 용서를 구할 방법과 기회를 아직도 찾아
내지 못했다.

석 달 전에 춘약에 중독된 그녀를 구해주었을 때가 좋은 기
회였으나, 그것을 이용하고 싶지는 않았다.

그때 소옥군이 몸을 돌렸다. 시선은 그에게 향해 있었으나
보고 있지 않았던 그녀는 그가 자신을 발견했다는 사실을 모

른 채 무도관을 떠났다.

그녀는 혹시 기개세와 마주치게 될까 봐 느지막이 승급 시험을 치러 온 것인데 입구에서 그와 부딪치게 될 줄은 예상하지 못했었다.

그녀는 몸을 돌리자마자 방금 돌아 나왔던 모퉁이로 즉시 모습을 감추었다.

잠시 물러났다가 기개세 일행이 떠나면 그때 다시 돌아와서 시험을 치를 생각인 것이다.

그러나 기개세는 소옥군이 자신과 시선이 마주치자 급히 되돌아가는 것으로 오해했다.

그렇게밖에는 생각할 수 없는 상황이었다. 또한 그녀가 아직도 자신을 용서하지 않는 것이라고 생각했다.

그는 씁쓸한 미소를 지으며 계단을 내려갔다.

소옥군은 그리 멀지 않은 숲속 거목 뒤에 서서 시간이 흐르기를 기다렸다.

가까운 곳에서 기개세 일행의 웃고 떠드는 목소리가 들려오고 있었다.

웃음소리가 약간 멀어지자 그녀는 몸을 돌려 고개만 살짝 내밀었다.

멀어지고 있는 기개세 일행의 모습이 보였다. 기개세는 친구들에게 둘러싸인 전차후옹(前遮後擁)의 상태였다.

그를 몹시 그리워했던 소옥군은 그의 뒷모습이라도 보려고 시선을 떼지 않았다.

문득 그녀의 시야에 한 사람, 아니, 여자의 모습이 확대되어 들어왔다.

강북천봉 나운상이다. 그녀가 기개세 오른쪽에서 왼팔로 그의 오른팔을 끌어안은 채 나란히 가고 있는 모습이었다.

그리고 기개세 왼쪽에는 팔세영웅의 발장이었던 당당한 체구의 담신기가 호위하듯 나란히 걷고 있었다.

현재 능소지에 대한 소문은 대정생도들 사이에서 가장 인기를 끌고 있었다.

그중에서도 기개세에 대한 소문은 아무리 시시콜콜한 것이라고 해도 수많은 생도들의 입에 오르내리면서 살이 붙으며 하나의 흥미진진한 이야깃거리로 변했다.

소옥군은 자신의 거처에서 두문불출하기 때문에 그 많은 소문들을 모두 들을 수는 없었으나, 이따금 재당에서 식사를 할 때 다른 생도들이 나누는 대화에서 기개세에 대한 소문을 듣곤 했다.

대정생도들이 가장 많이 나누는 기개세의 이야기는 역시 여자에 관한 것이었다.

그중에서도 기개세와 강북천봉 나운상이 거의 한 몸처럼 붙어 지낸다는 내용이 압도적으로 많았다.

능소당 내에서 벌어지는 일들을 능소지 친구들이 외부에

발설할 리가 만무하다.

그런데도 대정생도들은 그런 사실들을 어떻게 알게 된 것인지 마치 눈으로 본 것처럼 소문을 만들어냈다.

'저 사람은 강북천봉 때문에 아예 나라는 존재를 잊은 것은 아닐까?'

소옥군의 눈이 촉촉하게 젖어들었다. 그것은 여자로서 충분히 품을 수 있는 생각이었다.

그런 생각을 하니 왠지 가슴 한쪽이 떨어져 나가는 것처럼 아렸다.

그녀는 기개세의 모습이 나무에 가려서 보이지 않게 되자 이끌리듯이 옆으로 몇 걸음 비켜서 그의 모습을 보려고 목을 길게 뺐다.

"천궁 소저."

"아!"

그때 뒤에서 들려온 나직한 목소리에 그녀는 깜짝 놀라 나직한 탄성을 터뜨렸다.

그녀가 급히 뒤돌아보니 뜻밖에도 진운상이 우뚝 서 있었다.

숲 바닥에는 눈 덮인 낙엽이 깔려 있어서 진운상이 아무리 기척을 내지 않고 접근했다고 해도 그것을 모를 소옥군이 아니었다.

이유는 단 하나, 그녀가 기개세를 바라보느라 정신이 팔려 있었다는 사실이다.

"진 상공."

기개세를 훔쳐보다가 들킨 것 때문에 소옥군은 씁쓸한 얼굴로 입을 열었다.

진운상은 물끄러미 소옥군을 주시했다. 그는 소옥군이 매우 수척해졌으며 눈가에 거뭇거뭇한 그늘이 짙게 드리워져 있는 것을 발견했다.

그로 미루어 그녀가 얼마나 마음고생을 심하게 겪고 있는지 어렵지 않게 짐작할 수 있었다.

그는 조금 전에 무도관 계단에서 소옥군을 발견했다. 그래서 내친김에 그녀에게 할 말을 하려고 온 것이었다.

소옥군은 진운상을 불러놓고는 말문이 막혔다. 아니, 할 말이 없었다.

그녀의 마음속에서 능소지는 기개세가 전부다. 기개세가 곧 능소지라는 뜻이다.

그러므로 능소지를 떠난 것은 기개세를 떠난 것이고, 능소지의 친구 모두를 떠났다는 의미다.

모두를 떠나서 모든 것을 잃었는데 진운상에게 할 말이 있을 리 만무했다.

잠시의 어색한 침묵이 흐른 후 이윽고 진운상이 묵직하게 말문을 열었다.

"부질없는 신경전은 그만두시오."

‘부질없다’는 말에 소옥군은 움찔 가볍게 몸을 떨었다. 그 녀가 생각해도 자신이 기개세의 곁을 떠났고 또다시 돌아가지 않는 것은 부질없는 짓이 분명했다.

배가 고프면 음식을 먹고, 목이 마르면 물을 마시고, 졸리면 잠을 자면 된다.

그런 것처럼 기개세가 그립고 보고 싶으면 그에게 돌아가면 된다, 라고 진운상은 단순하게 결론을 내린 것이다.

그의 말이 맞다. 사실은 이미 해답이 나와 있는 간단한 문제를 놓고 소옥군은 자신의 삶을 갉아먹으면서 생고생을 하고 있는 중이었다. 그것을 진운상이 정확하게 간파했다.

하지만 진운상은 하나만 알고 둘은 모른다. 그 간단한 것이 얼마나 사람의 피를 말리는지를 말이다.

그리고 해답을 알면서도 그것을 실행에 옮기지 못하는 소옥군의 마음이 또 얼마나 찢어지는지 진운상은 알 턱이 없을 것이다.

간단하지만 간단하지 않은 것이 남녀 사이의 줄다리기다. 그것을 소옥군은 뼈저리게 실감하고 있었다.

“왜 부질없다고 말하죠?”

소옥군의 목소리에 가시가 돋았다. 반발심이다. 어쩌면 기개세에게 퍼붓고 싶은 것을 진운상에게 쏟아내고 있는 것인지도 모른다.

“내가 지켜본 바로는, 유 형은 아직도 천궁 소저를 그리워하고 있소. 나는 그가 슬픈 얼굴로 먼 하늘을 응시하면서 실의에 빠져 있는 모습을 자주 발견했소. 그런 때의 그는 필경 천궁 소저를 그리워하는 것이 분명하오.”

여자의 마음이란 실로 묘하다. 진운상의 그 말에 소옥군은 내심 기쁘면서도 알 수 없는 반발심이 생겼다.

“그런 사람이 강북천봉과 한 몸처럼 붙어 지내나요?”

일단 말을 해놓고 보니까 정말로 그 일을 절대로 용서할 수 없을 것 같다는 생각이 들었다.

진운상은 여자에 대한 경험은 전무하지만, 방금 소옥군의 말에서 그녀가 질투를 한다는 것을 강하게 느꼈다.

하지만 그는 말재주가 일천하다. 청산유수로 소옥군의 마음을 되돌릴 방법이 없다. 그래서 그냥 우직하게 밀고 나가기로 했다.

“갈림길이 있소. 천궁 소저와 유 형은 서로 다른 길로 가고 있는 중이오. 갈림길이라는 것은, 멀리 가면 갈수록 돌아오기가 어렵소. 그리고 나중에는 결코 돌아올 수 없게 돼버리는 것이오.”

소옥군은 자신이 갈림길의 어느 정도까지 왔는지, 돌아갈 수 있는지 생각해 봤다.

'너무 멀리 왔는데 돌아갈 수 있을까?

이성이 아닌 감정의 마음이 내심에서 중얼거렸다.

“더 멀어지기 전에 어서 유 형에게 돌아오시오. 아마도 유

형은 천궁 소저가 그러기를 내심 원하고 있을 것이오. 그리고
우리도 천궁 소저를 그리워하고 있소."

진운상은 그 말을 끝으로 조금 전에 기개세 일행이 간 방향
으로 걸음을 옮겼다.

입술을 잘근잘근 깨물던 소옥군은 멀어지는 그의 등에 대
고 나직이 외쳤다.

"진 상공은 이런 말을 그 사람에게도 했나요?"

원망 어린 목소리다.

진운상은 걸음을 멈췄으나 뒤돌아보지 않은 채 대답했다.

"하지 않았소."

"그런데 왜 내게만 말하는 건가요? 그 사람도 내 마음과 같
다면, 어째서 먼저 손을 내밀지 않는 거죠?"

진운상은 잠시 고개를 숙이고 있다가 들고 나서 숲 사이로
하늘을 보며 말했다.

"내가 보기에 그는 여자에 대해서는 숙맥이오."

"숙맥이라고요?"

소옥군은 어이가 없다는 표정을 지었다. 여자라면 사족을
못 쓰고 온갖 짓궂고 음흉한 짓거리를 일삼는 그가 여자에 대
해서 숙맥이라니 어이가 없는 일이었다.

"그가 여자에 대해서 조금이라도 능숙했다면 결코 천궁 소
저를 떠나보내지 않았을 것이오."

'조금만 능숙했다면……'

소옥군은 그 말을 반추하다가 조심스럽게 추측해 보았다.

'정말 그는 여자에 대해서 조금도 모르는 것이 아닐까?'

그때 진운상이 돌아서서 소옥군을 보며 말했다.

"기억하오? 우리가 처음 만났을 때 유 형이 일사병에 걸려서 죽어가던 일을 말이오."

"……."

소옥군은 부지중 움찔 가볍게 몸을 떨었다.

진운상은 그러는 그녀가 좀 이상하다는 생각이 들었으나 계속 말을 이었다.

"그때 천궁 소저가 유 형의 목숨을 살렸소."

소옥군은 씁쓸한 표정을 지었다.

"그가 제 말에 타려는 것을 제가 거부했기 때문에 일사병에 걸렸던 거예요. 그러니 제가 병을 주고 약도 준 셈이지요."

"그 당시에 유 형이 고집을 부렸으면 어떻게 해서라도 천궁 소저와 함께 말을 타고 갔을 것이오."

그랬을 것이다. 그때 기개세가 조금만 더 함께 말을 타고 갈 것을 요구했다면 소옥군은 거절하지 못했을 것이다.

"그 당시의 그는 선의로써 천궁 소저에게 말을 양보했던 것인데, 천궁 소저는 그를 의심하여 함께 타고 가는 것을 거부했었소."

진운상의 말은 하나도 틀리지 않은 사실이었다. 한여름 뙤

약볕이 얼마나 지독한데, 소옥군은 단지 의심 때문에 기개세를 걸어가게 한 것이다.

"그런데도 그는 두 번 요구하지 않고 땡볕을 달리다가 일사병에 걸려서 쓰러졌소."

'우직한 사람'이라고 소옥군은 속으로 생각했다.

"그때도 아마 천궁 소저는 그가 무슨 수작을 부리는 것이 아닌가 의심했을 것이오."

그 역시 분명한 사실이다. 기개세가 일사병에 걸려서 죽어가고 있는데도 그를 발견한 소옥군은 그가 장난을 치고 있을지 모른다고 의심했다.

그때 진운상이 소옥군의 정곡을 찔렀다.

"처음부터 가만히 생각해 보면 유 형은 천궁 소저에게나 내게 참으로 지극정성이었소."

소옥군의 뇌리에 그때의 광경들이 주마등처럼 스쳐 지나갔다. 그러면서 진운상의 말이 하나도 틀리지 않다는 생각이 들었다.

"그런데도 천궁 소저는 끊임없이 그를 의심했소. 그가 의심을 살 만한 행동을 하긴 했지만, 천궁 소저의 의심 또한 도에 지나친 점이 많았소. 그리고 지금도 그런 것 같소."

'의심.'

소옥군은 말문이 막혔다. 아니, 뭔가 커다란 철퇴가 뒤통수를 거세게 후려친 것 같은 느낌을 받았다.

"또한 그는 자신이 죽어가고 있는 것을 소리쳐서 우리에게
알리지도 않았소. 내가 말을 돌려 되돌아가지 않았으면, 그는
죽었을지도 모르오. 황량한 벌판에서 아무도 모르는 동안에
말이오."

"아……."

소옥군은 자신도 모르게 나직한 탄성을 흘렸다. 태양이 내
리쬐고, 바람이 불고, 계절이 가는 것을 꼭 누가 말해줘야만
깨닫는 바보처럼, 그녀는 비로소 자신의 우매함에 물꼬가 터
지는 것을 느꼈다.

진운상은 묵묵히 소옥군을 응시하다가 몸을 돌려 걸음을
옮겼다.

그러나 그는 한 걸음 걷다가 다시 뒤돌아보며 의아한 얼굴
로 물었다.

"그런데 그때 물도 없었는데 천궁 소저는 무슨 방법으로
유 형을 살렸던 것이오?"

이미 정신이 없어진 소옥군은 망연한 표정으로 진운상을
바라보다가 한 걸음 늦게 그의 물음을 이해했다. 그리고는 얼
굴이 빨개졌다.

평소 같으면 대수롭지 않은 듯 눙쳐서 넘어갈 수 있었지만,
지금은 정신적인 무방비 상태라서 감정이 그대로 얼굴에 드
러난 것이다.

"역시 그랬었구려."

진운상은 짐작하고 있었다는 듯 가볍게 고개를 끄덕였다.

소옥군은 그 당시에 자신이 기개세에게 오줌을 먹였던 광경이 되살아나서 얼굴이 더욱 새빨개졌다.

그러는 그녀의 귀에 진운상의 말이 바람결처럼 들렸다.

"천궁 소저는 그때 이미 유 형을 사랑하고 있었군요."

"……."

사랑하지 않았다면 어떻게 오줌을 먹였겠는가. 받아서 먹일 그릇도 없는 상황에서 어떻게 그런 자세로 기개세를 살릴 생각을 했었겠는가, 라고 진운상은 생각한 것이다.

그 말을 끝으로 진운상은 성큼성큼 걸어서 숲을 나갔다.

'사랑하고 있었군요'라는 말이 소옥군의 머릿속에서 커다란 범종처럼 마구 울려댔다.

그러나 자신이 기개세에게 오줌을 먹였다는 사실을 진운상이 짐작했고, 또 지금은 분명히 알게 됐다는 것이 조금도 부끄럽지 않았다.

진운상은 능소당으로 향하면서 서둘지 않고 천천히 걸었다.

능소당이 있는 호숫가에 이르자 다리에 오르지 않고 호숫가를 거닐면서 깊은 생각에 잠겼다.

그리고 그는 마침내 한 가지 결정을 내리고는 다리에 올라서 능소당으로 향했다.

하지만 그는 조금 전에 내린 결정을 곧바로 실행에 옮기지 못했다.

오랫동안 속으로만 벼르고 있던 말을 기개세에게 하려는 것인데, 그는 능소당에 없었다.

재당에서 혼자 축배를 들면서 자축하고 있는 부옥령의 말에 의하면, 기개세는 정경장로의 부름을 받고 나운상, 담신기와 함께 정경장각으로 갔다고 한다.

기운이 빠진 진운상은 부옥령과 함께 술을 마시고 싶다는 충동이 잠시 들었으나 발길을 돌려 연공실로 향했다.

술을 마신 상태에서 기개세와 대화를 하고 싶지 않았기 때문이다.

第六十二章

천불지도(天佛地道)

기개세와 나운상, 담신기가 실내로 들어서자 자리에 앉아 있던 정경장로 장가서는 황급히 일어나 달려와서 깊숙이 허리를 굽히며 사죄했다.

"오시라고 해서 죄송합니다. 용서하십시오."

"개의치 마십시오."

기개세는 미소 지으면서 의자에 앉았다.

"보고드릴 것이 있습니다."

"말씀하십시오."

기개세는 고개를 끄덕이면서 그가 지난번 남궁산에 대해서 조사한 내용을 말하려는 것이라고 짐작했다.

지난 석 달 동안 정경장로는 철저히 조사했을 것이다.

그것은 대정숙의 일이라기보다는 천문주를 암살하려던, 그리고 천하에 대혈풍을 몰고 올 배후 세력에 대한 조사이기 때문에 조사에 일호(一毫)의 실수도 있어서는 안 된다.

"먼저 말씀드릴 것은, 남궁산과 남궁엽 형제를 제외한 오대군림의 생도는 이십사 명인데, 그중 이십삼 명이 연루되어 있었습니다."

장가서의 목소리에 침통함이 짙게 배었다.

배후 세력이 오대군림을 앞잡이로 만드는 것을 까맣게 몰랐다는 자책과 배후 세력이 침투해서 암약을 할 정도로 대정숙이 허술했다는 믿기 어려운 사실 때문이었다.

"연루되지 않은 한 명은 누굽니까?"

"소옥군 생도입니다. 그녀는 오대군림에 가장 늦게 가입했으며 며칠 만에 탈퇴했기 때문에 포섭될 시간적 여유가 없었던 것 같습니다."

그 말을 듣는 순간 기개세의 머리를 번뜩 스치는 것이 있었다.

"그렇다면 남궁산이 그녀를 겁탈하려고 했던 것은?"

장가서는 진중하게 고개를 끄덕였다.

"두 가지 이유 때문으로 보고 있습니다."

그는 숨을 고른 후 말을 이었다.

"첫째는 단순히 소옥군 생도를 포섭하려는 목적이고, 둘째는 천문주와 가까운 사이였던 소옥군 생도를 암살에 이용하기 위해서 그랬을 수 있습니다."

기개세는 무겁게 고개를 끄덕였다.

"두 번째 이유인 것 같군요."

"소인도 그렇게 생각했습니다."

기개세는 마음이 무거워졌다. 남궁산이 소옥군에게 춘약을 먹이고 겁탈하려고 했던 이유가 그것이었다면 그 책임이 어느 정도는 기개세에게 있었기 때문이다.

기개세가 씁쓸한 표정으로 생각에 잠겨 있자 장가서는 보고를 멈추고 기다렸다.

그러나 기개세는 곧 그를 보면서 물었다.

"오대군림의 생도 이십삼 명을 감시하고 있겠지요?"

"물론입니다. 그들 각자에게 세 명씩 한 조로 정경고수를 붙여서 감시하고 외출, 외박 시에는 미행하도록 했습니다."

"결과는 어떻습니까?"

정경장로의 얼굴이 어두워졌다.

"오대군림은 과거 무림오대세가였던 가문 출신들이 주축이 된 파벌입니다. 현재 오대군림에는 무림오대세가, 즉 남궁세가와 섬서팽가, 황보세가, 제갈세가, 모용세가 출신 십오 명과 다른 다섯 문파의 일곱 명, 그리고 나머지 한 명은 문파에 속하지 않은 생도입니다."

문득 기개세는 의문이 생겼다.

"오대세가 출신이 십오 명이나 됩니까?"

"원래 방, 문파의 당주 급 자제들까지 대정숙 입교 자격이 주어지고, 그 아래 지위라고 해도 수장(首長)의 추천이 있으면 입교 자격을 주게 되어 있습니다."

"그렇군요."

정파 방, 문파 수장의 자제만 대정숙에 입교할 수 있는 것으로 알고 있었던 기개세는 새로운 사실을 깨닫고는 고개를 끄덕였다.

다시 생각해 보니 만약 정파 방, 문파 수장의 자제들만 받는다면 대정생도의 수는 백 명을 유지하기도 어려울 것이다.

대정숙을 한 번 수료한 사람, 즉 대정고수가 다시 입교할 리도 만무하고 정파의 방, 문파 수장이 자식을 수십 명씩 두지도 않았을 것이다.

그런데도 수장의 자식만 입교시킨다면 대정숙은 현재의 규모보다 십분의 일 수준으로 축소됐을 것이다.

더구나 정파를 이끌어가는 것은 방, 문파의 직계 자식들만이 아니다.

또한 그들만을 교육하는 것은 대정숙의 교육 취지에서도 크게 벗어난다.

"감시와 미행을 시작한 이후 오대군림의 생도들은 외출과 외박 시에 한 명도 낙양성을 벗어나지 않았습니다."

장가서는 핵심만 콕콕 짚어서 말하는 성격이 아닌 듯하다. 서설이 길어서 기개세는 지루했으나 참을성있게 들었다.

장가서는 그로부터도 조금 더 서설을 잇더니 이윽고 결론을 내렸다.

"지난 석 달 동안 오대군림 생도들은 외출과 외박 시에 극도로 조심했습니다. 그것은 그들이 감시와 미행을 당하고 있을 것이라는 사실을 이미 알고 있다는 뜻입니다."

사실 오대군림 생도들이 외출, 외박을 할 때 천검사호문 고수들이 감시를 하고 있었기 때문에 기개세는 이미 그들에 대한 보고를 들었다.

그런데도 장가서의 보고를 인내심을 갖고 듣는 이유는, 그의 노고를 존중하려는 것도 있고 천검사호문이 알아내지 못한 다른 내용이 있는지 궁금하기도 해서다.

예전 같았으면 이미 알고 있는 사실이기 때문에 장가서의 보고 같은 것은 들어보려고 하지도 않았을 것이다.

많은 배움과 경험이 그를 겸손하게 만들었으며, 등고자비(登高自卑), 매사를 순서대로 차근차근 풀어나가야 한다는 이치를 깨닫게 해주었다.

"결론적으로 말씀드리면."

장가서는 어느덧 세 번째로 '결론적으로…' 라는 말을 사용하고 있었다.

“오대군림의 생도 이십삼 명 중 이십이 명이 낙양성 내에서 외부인과 접촉했으며, 생도를 만나러 낙양성에 온 가족들도 외부인과 접촉을 했습니다.”

그 외부인이 현재 낙양성 내의 한 장원에 머물고 있으며, 그자가 누구와 접촉을 하고 있는지 기개세는 천검사신위의 보고를 받아서 이미 알고 있었다.

그자는 원래 예전에 남궁산이 숨어 있던 장원에 기거하고 있었는데, 두 달 전에 갑자기 다른 장원으로 옮겼다.

천검사호문은 그자가 언제 어디에서 누굴 만나는지 완벽하게 파악하고 있었다.

“혹시 천검사호문에서도 오대군림 생도들을 감시하고 있습니까?”

그때 장가서가 설명을 하다가 말고 불쑥 물었다.

기개세는 가볍게 고개를 끄덕였다.

“그렇습니다.”

“그렇다면 천문주께선 사신위에게 웬만한 내용들은 이미 보고를 받으셨겠군요.”

“그렇습니다. 미안합니다.”

기개세가 사과하자 장가서는 황망히 두 손을 저었다.

“아, 아닙니다. 다 알고 계시면서도 소인의 지겨운 설명을 들어주시는 천문주께 소인이 오히려 감사하고 죄송할 따름입니다.”

장가서는 기개세의 그런 배려가 진심으로 고마웠다. 그는 기개세 또래의 젊은 청년들이 남을, 특히 나이 든 사람을 배려하는 재하도리(在下道理)의 예의를 지키는 것을 거의 본 적이 없었다.

그런 점에서도 기개세는 남달랐다. 꼭 천문주라서가 아니라, 장가서는 기개세를 보면 볼수록 감탄하고, 그래서 존경심이 저절로 우러나왔다.

"아닙니다. 알고 있는 내용이더라도 다시 들으면 예전에 생각하지 못했던 것을 떠올릴 수도 있습니다. 또한 천검사호문이 빠뜨린 부분을 정경고수들이 챙겼을 수도 있지요. 하니 계속 설명을 부탁드리겠습니다."

기개세가 엷은 미소를 짓자 장가서는 가볍게 움찔 몸을 떨며 눈을 크게 떴다.

석 달여 전에 기개세에게서 뿜어졌던 후광, 즉 부동명왕의 가루라염을 지금 또다시 발견한 때문이다.

"왜 그러십니까?"

"오… 또 가루라염이……."

장가서는 놀란 얼굴로 신음처럼 중얼거렸다.

"가루라염? 부동명왕의 가루라염 말입니까?"

기개세는 의아한 얼굴로 주위를 두리번거렸다.

"그게 어디에 있습니까?"

장가서는 경건한 표정을 지었다.

"천문주의 몸에서 광배(光背)가 발산되는데, 마치 두 개의 커다란 날개 같습니다."

기개세는 의아한 얼굴로 자신의 몸 주위를 이리저리 살펴보았으나 가루라염은커녕 먼지도 피어나지 않았다.

장가서의 호들갑에도 담신기는 장승처럼 우뚝 서서 미동조차 하지 않았지만, 호기심이 발동한 나운상은 앞으로 걸어나와 기개세를 바라보았다.

그러더니 곧 눈을 동그랗게 뜨면서 얼굴 가득 크게 놀라는 표정을 지었다.

"오! 정말 찬란한 광배예요. 가루라염이 틀림없어요……!"

그녀는 기개세에게서 시선을 떼지 못하면서 담신기를 손짓으로 불렀다.

"담 가, 어서 이리 와서 봐요."

그녀의 설레발에 담신기는 살짝 눈살을 찌푸렸다. 하지만 원래 그녀의 말을 거역하지 못하는 그는 앞으로 나와서 기개세를 쳐다보았다.

그즈음 기개세의 가루라염은 절정에 달해 있었다. 꼿꼿한 자세로 앉아 있는 그의 양쪽 어깨에서 마치 오색의 찬란하고 커다란 날개가 활짝 펼쳐져서는 천장까지 닿을 정도의 환상적인 광경이었다.

"음. 과연……."

담신기는 속으로 몹시 놀랐으나 그 말만을 중얼거리고는 원래의 위치로 돌아가 우뚝 섰다.

나운상은 가루라염에 정신이 팔려 있다가 이윽고 기개세를 보며 탄성을 터뜨렸다.

"아아… 주군께선 부동명왕이 틀림없어요."

부동명왕은 팔대명왕의 으뜸으로 중앙을 지키며 일체의 악마들을 굴복시키는 왕으로, 보리심(菩提心:깨달음의 마음)이 흔들리지 않는다 하여 생긴 이름이다.

오른손에는 칼, 왼손에는 오라(붉고 굵은 밧줄)를 잡고 불꽃을 등진 채 대좌에 앉아서 성난 모습을 하고 있는 것으로 알려져 있다.

나운상은 정신이 팔린 듯 기개세에게 주문했다.

"주군, 두 손을 들어보세요."

"상아."

그녀의 무엄한 요구에 담신기가 깜짝 놀라 꾸짖었으나 기개세는 아무렇지도 않다는 듯 천천히 두 손을 들어 올렸다.

"이렇게 말이냐?"

순간 나운상과 장가서는 눈을 화등잔처럼 크게 뜨며 부지중 뒤로 주춤 두어 걸음 물러섰다.

두 사람의 눈에는 기개세의 오른손에 막 용광로에서 꺼낸 듯한 시뻘겋게 불타는 검이, 그리고 왼손에는 채찍에 가까운 붉고 굵은, 그리고 뾰족한 가시가 박힌 오라가 쥐어져 있는 광경이 너무도 선명하게 보였다.

장가서가 신음처럼 중얼거렸다.

"오오…… 부동화륜검(不動火輪劍)과 징악화승편(懲惡火繩鞭)입니다……."

부동명왕이 악마들을 멸할 때 사용한다는 부동화륜검과 징악화승편의 출현에 두 사람, 아니, 어느새 다시 앞으로 다가온 담신기까지 세 사람은 대경실색하며 기개세에게서 눈을 떼지 못했다.

기개세는 두 팔을 들어 올린 자세로 다시 자신의 몸을 둘러보았으나 역시 아무것도 보이지 않자 흐릿한 실소를 지어 보였다.

'대체 무슨 소리들인지…….'

그때 나운상과 담신기의 시선이 기개세의 뒤쪽 머리 위에 고정되더니 눈이 찢어질 듯 부릅떠졌다.

"누… 구십니까?"

기개세 뒤쪽에 한 사람이 우뚝 서 있는 모습을 발견했기 때문이다.

그런데도 기개세의 호위를 맡고 있는 나운상과 담신기는 그 낯선 사람이 기개세를 해치려 한다는 생각을 하지 못하고 경악지색만 지을 뿐이었다.

"내 뒤에 누가 있느냐?"

기개세가 고개를 돌려 뒤돌아보면서 물었다. 여전히 그의 눈에는 아무도 보이지 않았다.

나운상이 기개세의 머리 위를 가리키면서 넋이 나간 듯 중얼거렸다.

"아아… 흰 비단옷을 입은 신선 같은 노인이 서 계세요. 단정하게 상투를 틀고 희고 긴 수염과 얼굴에는 주름 하나 없으며 어린아이처럼 안색이 붉어요. 그리고… 너무 인자한 미소를 짓고 있군요."

그 노인의 모습은 담신기와 장가서의 눈에도 보였다.

나운상의 꿈을 꾸는 듯한 설명을 듣자마자 기개세가 깜짝 놀라 외치면서 다급히 벌떡 일어나 뒤돌아보았다.

"사부님!"

그러나 아무것도 보이지 않았다. 그저 서책이 잔뜩 꽂혀 있는 서가가 벽면에 세워져 있을 뿐이었다.

그런데 그가 일어서는 바람에 나운상 등 세 사람에게만 보이던 가루라염과 노인의 모습이 한순간에 씻은 듯이 사라져 버렸다.

"아……."

세 사람은 한바탕 꿈을 꾼 듯한 표정이다. 하지만 만면에는 방금 겪은 엄청난 일의 잔재가 생생하게 남아 있었다.

우두커니 선 기개세는 몹시 서운한 표정으로 서가를 이리저리 둘러보았다. 마치 그곳 어디에선가 사부의 모습을 찾으려는 듯한 모습이었다.

얼마나 보고 싶은 사부 독고성의 모습인가. 날이 지날수록 사부에 대한 그리움이 점점 더 사무칠 줄 알았으면, 그때 천신동을 나올 때 사부의 모습을 더 많이 보아둘 것을 잘못했다고 끝없이 후회하고 있는 기개세였다.

한동안 침묵이 흘렀다. 그동안 기개세는 사부에 대한 그리움과 아쉬움을 달랬고, 나운상 등 세 사람은 놀란 마음을 추슬렀다.

"아… 방금 그분이 전대 태문주셨나요?"

한참 만에 나운상이 여전히 꿈을 꾸는 듯한 얼굴로 물었다.

기개세는 아쉬운 표정을 지우지 못한 채 고개를 끄덕였다.

"네가 설명한 모습이라면 사부님이 분명하다."

나운상과 담신기, 장가서의 얼굴에 감격의 표정이 떠올랐다.

"당금 천하에서 삼백여 년 전의 천검신문 태문주를 본 사람은 우리뿐이로군요."

나운상은 가슴에 두 손을 얹고 두근거리는 가슴을 진정시키려고 애썼다.

문득 기개세는 고개를 갸웃거렸다.

"그런데 사부님께서 어째서 가루라염과 함께 나타나셨

을까?"

이어서 장가서를 보며 물었다.

"장로님, 천검신문의 전대 태문주들이 가루라염을 광배로 나타냈다는 소문을 들은 적이 있습니까?"

"아니, 금시초문입니다."

천검신문 전대 여덟 명의 태문주 중에서 누군가 가루라염을 나타냈다면 그 엄청난 사실이 비밀로 감추어져 있기는 어려울 것이었다.

'혹시 사부님의 내단 때문에……'

문득 그런 생각이 들었다. 하지만 내단의 무엇이 가루라염과 사부 독고성의 모습을 나타내게 하는 것인지 단서가 될 만한 것이 없어서 생각은 더 이어지지 않았다.

기개세는 이 일을 나중에 천검사신위에게 물어보기로 하고 궁금증을 덮었다.

가루라염과 독고성의 모습 때문에 한바탕의 소동이 끝나고 나서 정신을 수습한 장가서는 그로부터 반 시진에 걸쳐서 보고를 끝냈다.

하지만 기개세가 이미 알고 있는 것 외에 새로운 내용은 달리 없었다.

"천문주."

설명이 모두 끝난 줄 알고 기개세가 일어서는데 장가서가 나직이 말했다.

기개세가 쳐다보자 장가서는 조심스럽게 말문을 열었다.

"지금 말씀드리려는 것을 부디 곡해하지 마시고 들어주시기 바랍니다."

기개세는 빙그레 미소를 지었다.

"말씀하십시오."

장가서는 전에는 보지 못했던 기개세의 미소가 눈부시다는 생각이 들었다가 퍼뜩 정신을 차렸다.

"실은 구대문파가 연합을 해서 무림맹 같은 성격의 세력을 만들었습니다."

"구대문파가 무림맹을?"

기개세는 물론이고 나운상이나 담신기 모두 금시초문이라서 적잖이 놀라는 표정을 지었다.

더구나 나운상은 구대문파의 하나인 아미파의 속가제자라서 더 놀라는 얼굴이다.

장가서는 더욱 진지하고도 엄숙한 표정을 지었다.

"구대문파 각파에서 최정예 고수들을 백 명씩 선발하여 모두 구백 명으로 이루어진 세력입니다."

나운상과 담신기는 놀라서 서로의 얼굴을 쳐다보는데, 기개세는 어느새 평정심을 되찾고 담담한 얼굴로 물었다.

"그런 세력이 왜 필요한 것입니까?"

장가서는 몹시 송구스러운 표정을 지으면서 어렵게 입을

열었다.

"자구책(自救策)입니다. 무림을 지키자는……."

그는 조심스럽게 의자를 가리켰다.

"우선 앉으십시오. 자세한 설명을 드리겠습니다."

기개세가 자리에 앉고 그 뒤 좌우에 나운상과 담신기가 서자 장가서의 설명이 이어졌다.

그의 설명을 요약하면 대략 이렇다.

이 땅에 무림이 생긴 지는 이천오백여 년이고, 그동안에 여덟 번에 걸쳐서 엄청난 대혈겁(大血劫)이 있었다.

그때마다 천검신문이 출현하여 천하를 구했으며, 그 덕분에 천하는 지금껏 맥맥이 유지되어 오고 있다.

천검신문은 평균적으로 삼백십여 년 만에 한 차례씩 출현을 했다는 계산이다.

물론 대혈겁의 주기가 가장 짧았을 때에는 불과 백칠십 년이었고, 가장 길었던 때는 그보다 두 배 반에 달할 정도로 긴 사백이십 년이었으나, 평균적으로 계산했을 때 삼백십여 년이라는 얘기다.

무림인들은, 아니, 천하인들은 천검신문을 하늘처럼 떠받들고 있다. 아니, 하늘보다 더 위대한 신성문파(神聖門派)로 여기고 있다.

그러나 천검신문이 출현하는 평균 주기 삼백십여 년은 인간 세상에서는 너무도 긴 세월이었다.

그래서 천검신문의 눈부신 활약을, 그리고 그들이 어떻게 천하를 구했는지 두 눈으로 생생하게 목격했던 사람들이 모두 죽고 그들의 손자에 또 손자에 손자까지도 죽고도 남을 세월인 것이다.

말하자면 천검신문이 출현하는 평균 주기 삼백십여 년이라는 세월은, 그들의 찬란했던 활약상이 현실에서 퇴색되어 역사가 되고, 그다음에는 전설화(傳說化)되기에 충분한 세월이라는 것이다.

천하가 풍전등화의 위기에 처했을 때마다 어김없이 출현했던 천검신문이지만, 사람들은 전설이 돼버린 그 사실에 대해서 불신을 품게 되었다.

그래서 현세의 사람들은 이구동성 입을 모으기 시작했다.

과거 이천오백여 년 동안 천검신문이 여덟 차례 출현해서 천하를 구했다는 것은 한낱 전설일 뿐이다.

그게 사실이라면 어디 명확한 증거를 대봐라. 만약 지금 천하에 대혈풍이 닥친다면 천검신문이 출현해서 천하를 구해줄 것 같은가?

어림도 없는 소리다. 전설이나 신화가 현실에 출현한다면, 부처님도 진시황도 다시 부활할 것이다.

전설은 퇴색에 퇴색을 거듭해서 땅에 묻혔고, 강물로 흘러가 바다에 이르렀으며, 허공중에 산산이 흩어져 버렸다.

그러므로 지금 당장 천하에 위험이 도래한다면 전설의 천검신문이 아니라 우리 손으로 막아내야만 한다.

마지막 여덟 번째 천검신문 태문주였던 절대검황이 무림에서 사라진 지 어느덧 삼백여 년이 흘렀다.

그렇게 해서 제일 먼저 소림사와 무당파, 아미파가 주축이 되어 움직이기 시작했으며, 오래지 않아서 구대문파가 모두 힘을 모으게 되었다.

천불지도(天佛地道).

그것이 구대문파가 개파한 새로운 무림맹의 명칭이다.

하늘에는 불력(佛力)이, 땅에는 도력(道力)이 두루 미쳐서 무림을 구한다는 의미다.

구대문파는 모두 불문(佛門)이거나 도가(道家)라서 붙여진 이름인 듯했다.

천불지도가 발족한 지는 벌써 삼십여 년이 흘렀다. 그러나 워낙 비밀스럽게 만들어졌고 운영되고 있었기 때문에, 천불지도에 대해서 알고 있는 사람은 구대문파의 장문인과 장로들, 그리고 천불지도의 최정예 고수 구백 명뿐이었다.

"인간이란 원래 우매하고 얍삽한데다 믿음이 부족하기 때문에 그렇습니다. 부디 노여워 마십시오, 천문주."

긴 설명을 끝낸 장가서는 땀으로 범벅된 얼굴을 닦으려 하지도 않은 채 기개세에게 굽실거렸다.

대정숙의 정경장로인 그가 이처럼 진땀 흘리면서 굽실거

리는 경우는 처음일 것이다.

"천불지도의 개파 목적은 무림을 지키자는 것입니다. 천하 전체를 지키는 것은 언감생심 꿈도 못 꾸지요."

나운상과 담신기는 불편한 심기가 얼굴에 고스란히 떠올라서 곱지 않은 시선으로 장가서를 쏘아보았다.

천문주의 그림자인 천검사영이라면 장가서 정도는 벌레처럼 여겨도 되는 굉장한 신분이다.

구대문파에서 엄선된 구백여 명의 최정예 고수라면 미상불 굉장한 세력일 터이다.

아무도 그 세력의 진가를 보지 못했으므로 그들 자신 외에는 천불지도를 평가하지 못할 것이다.

수양이 깊고 무림에서 존경받는 장가서지만, 지금은 너무도 난감하고 당황한 모습이었다.

그도 그럴 것이, 천검신문이 출현하지 않을 테니 우리 힘으로 무림이라도 지켜보자고 구대문파가 합심하여 덜컥 천불지도라는 무림맹을 만들어놨다.

그런데 전설의 천검신문이 그야말로 천지개벽처럼 출현을 했으니 천불지도에 깊숙이 관여하고 있는 장가서로서는 난감하기 짝이 없는 것이다.

"그 얘기를 왜 내게 하는 것입니까?"

이윽고 오랜 침묵 끝에 기개세가 나직하고 차분한 목소리로 입을 열었다.

그의 침착한 태도에 장가서는 그가 분노한 것이라는 생각이 들어 더욱 당황했다.

천문주의 분노는 곧 천검신문의 분노이므로 장가서는 머릿속이 텅 비는 것처럼 놀랐다.

"천문주께서 알… 고 계셔야겠다는 생각이 들어서……."

그때 끝내 참지 못한 나운상이 차갑게 냉소를 쳤다.

"흥! 솔직하게 말하자면, 산의 주인인 호랑이가 출현했으니 그동안 왕 노릇을 하던 여우가 슬며시 꽁지를 빼겠다는 것이 아니겠어요?"

담신기도 배알이 뒤틀려 있던 터라 주군의 앞이지만 나운상을 말리지 않았다.

한마디 해놓고도 모자라서 나운상은 내친김에 더 차가운 말을 쏟아냈다.

"천검신문의 출현은 천기(天機)가 정하는 것이에요. 말하자면, 대혈겁이 목전에 닥쳤다는 뜻이지요. 흥! 과거 여덟 차례 천검신문의 출현으로 미루어봤을 때 이번에 대혈겁을 일으키는 세력 역시 어마어마할 텐데, 과연 천불지도 따위의 구백 명으로 대혈겁을 막을 수 있을 것 같은가요?"

듣고 있던 담신기는 '대답해 봐' 라는 식으로 턱을 슥 치켜들며 속이 뻥 뚫린다는 표정을 지었다.

장가서는 한마디도 하지 못하고 꿀 먹은 벙어리처럼 전전긍긍했다.

나운상의 말이 사실이기 때문이다. 지금 그는 대정생도가 아닌 천검사영에게 꾸중을 듣고 있는 것이다.

"천검신문은 전설이다. 현실이 아니다. 대혈겁이 닥쳐도 천검신문은 출현하지 않을 것이다. 실컷 떠들어대다가 천검신문의 출현으로 대혈겁이 목전에 닥친 것을 알게 되니까 앗! 뜨거워라 하며 책임을 슬며시 천검신문에 떠넘기려는 수작이 아닌가요?"

나운상은 앙칼지게 퍼붓는데도 속이 풀리기는커녕 더 화가 치밀어서 가냘픈 어깨를 들먹이며 가쁜 숨을 몰아쉬었다.

"나도 아미파 출신이지만, 지금은 그런 사실이 너무나 부끄럽군요! 겉 다르고 속 다른 속물들!"

나운상은 분이 풀릴 때까지 더 퍼붓고 싶었지만 기개세가 팔짱을 끼고 진중한 표정으로 가만히 있는 것이 아무래도 마음에 걸려서 애써 입을 다물었다.

장가서는 입이 열 개라도 할 말이 없다는 얼굴로 선 것도 앉은 것도 아닌 엉거주춤한 자세로 기개세의 반응을 살피기에 바빴다.

대정숙 정경장로로서 애처롭기 짝이 없는 모습이었다.

"좋군요."

그때 기개세가 가볍게 고개를 끄덕였다.

뜬금없는 말에 나운상과 담신기, 장가서 모두 의아한 표정으로 그를 쳐다보았다.

"무슨 말씀이신지……."

"이유야 어쨌든 무림을 무림인의 자력으로 지키려고 한다는 발상과 시도가 좋습니다."

"아……."

기개세의 조용한 설명에 장가서는 큰 짐을 벗는 듯한 표정과 기개세에게 다시 한 번 감탄하는 두 가지 표정을 얼굴에 가득 떠올렸다.

"천불지도는 큰 도움이 될 것입니다."

"그렇게 말씀하시니 감읍할 따름입니다."

감정적으로 한다면 지금 기개세는 몹시 기분이 나빠야 하지만, 이성적으로 생각하면 천불지도는 어느 정도 천검신문의 힘이 되어줄 것이고, 구대문파를 결속시키는 구심점 역할을 할 것이기 때문에 오히려 기뻐해야 할 일이었다.

단지 그 동기가 불손해서 기개세도 처음에 들었을 때에는 불끈, 기분이 나빴었다.

하지만 다시 한 번 생각해 보니까 자신이 구대문파 사람이라고 해도 충분히 그랬을 것이라고 이해가 됐다. 즉, 매사에 입장을 바꿔서 역지사지(易地思之)로 생각해 보면 이해하지 못할 일이 없다는 것이다.

더구나 이미 삼십여 년 전에 발족한 천불지도를 지금에 와서 왈가왈부하는 것은 아무짝에도 도움이 되지 않는다는 것이 기개세의 생각이었다.

장가서는 자신이 예상했던 것보다 기개세의 이해의 폭이 넓으며 감정보다는 이성적인 성격이라는 사실에 새삼 놀라고 감탄했다.

장가서의 견해로는, 아무리 성인군자라고 해도 이런 상황에서는 당연히 벌컥 화를 낼 것이기 때문이다.

게다가 기개세는 장가서가 천불지도와 어떤 관계냐고 묻지도 않았다.

지금 같은 상황이라면 그 점이 매우 궁금할 텐데도 묻지 않는 것은, 아마도 장가서가 스스로 말해주기를 기다리고 있는 것일 게다.

그 사실을 깨달은 장가서는 공손한 어조로 말했다.

"원래 소인은 무당파 속가제자 출신으로 외도장로(外道長老) 직을 맡고 있습니다."

외도장로란 무당파 내에서 속가제자의 신분으로 오를 수 있는 가장 높은 지위로서, 무당파 출신 속가제자들을 통솔하는 일을 한다.

구대문파의 장문인과 장로들만이 천불지도에 대해서 알고 있다고 했으니 외도장로인 장가서가 알고 있는 것은 당연한 일이다.

기개세는 천검신문의 출현에 대해서 장가서가 천불지도나 무당파 장문인과 장로들에게 발설했는지 궁금해서 물으려다가 그만두었다.

만약 장가서가 발설했을 경우에는 그를 책망하는 것처럼 들릴 수도 있기 때문이다.

그래서 그것 역시 장가서가 스스로 말하기를 기다리는 편이 좋겠다고 생각했다.

그리고 기개세의 예상이 틀리지 않다면 장가서는 곧 말을 할 것이다.

"천불지도에 대해서 천문주께 말씀드리는 것은 순전히 소인 혼자의 결정입니다."

장가서는 처음 천검신문 문주의 출현에 대해서 알았을 때부터 천불지도에 대해서 말을 해야 할 것인지 고민하다가 결국 말하기로 결정했다.

구대문파 장문인과 장로들이 얻어맞아야 할 매를 장가서 혼자서 감당하겠다는 뜻이다.

"또한 천문주에 대해서는 아무에게도 발설하지 않았습니다. 그러나 천문주께서 허락하신다면 본 파의 장문사형께는 말씀드리고 싶습니다만."

기개세는 가볍게 고개를 끄덕였다.

"그러십시오."

천검사신위가 알면 뭐라고 할지 모르지만, 기개세는 선선히 그러라고 허락했다.

어차피 배후 세력도 천검신문의 출현에 대해서 알고 있는 사실을 구태여 구대문파에게 비밀로 한다는 것은 이치에 맞지 않다고 생각한 것이다.

그는 손가락 하나를 세워 보였다.

"단, 천문주가 누구인지는 아직 밝히지 마십시오."

"그러겠습니다."

슥―

이윽고 기개세는 몸을 일으켰다.

"이 일에 대해서는 추후 다시 대화하도록 합시다."

장가서는 우뚝 서 있는 기개세를 눈이 부신 듯한 표정으로 바라보았다.

아까 기개세가 이 방에 들어섰을 때에는 단지 거인(巨人)으로 여겨졌는데, 지금은 절대자(絕對者)로 보였다.

그가 보여준 포용력과 이해심, 그리고 천문주로서 부족함이 없는 기도를 경험했기 때문이다.

"그러나 조만간 천불지도의 맹주인 제이대(第二代) 불도주(佛道主)가 천문주를 찾아뵈올 수 있도록 허락해 주십시오."

장가서가 조심스럽게 부탁하자 기개세는 의아한 표정을 지어 보였다.

"불도주?"

"천불지도의 맹주입니다. 천 년에 한 명 태어날 정도의 하늘이 내린 자질을 갖추었으며, 구대문파 장문인이 공동 사부가 되어 심혈을 쏟아서 탄생시킨 절정고수입니다."

기개세는 가볍게 고개를 끄덕였다.

"외박 때 보도록 하겠습니다."

第六十三章

고백

수하들의 이목 때문에 기개세를 방문 앞에서 배웅하고 방
으로 들어서던 장가서는 그제야 한 가지 중요한 일을 빼먹었
다는 사실을 깨달았다.

두어 달 전에 남궁세가의 '남궁'이라는 성을 사용하는 삼
족이 떼죽음을 당하는 일이 벌어졌었다.

그 일로 남궁세가는 봉문(封門)을 했고, 그 소문은 삽시간
에 무림에 퍼져 나갔다.

남궁가 삼족이 하룻밤 사이에 떼죽음을 당한 엄청난 사실
에 무림은 발칵 뒤집혔다.

하지만 원인에 대해서는 여러 가지 의견만 분분할 뿐 아무

도 진실을 알지 못했다.

장가서는 혹시 그것이 남궁엽, 남궁산 형제에 대한 천검신문의 징계가 아닌지 기개세에게 물어본다는 것이 경황 중이라서 깜빡 잊고 만 것이다.

하지만 남궁세가의 봉문은 이미 벌어진 일이니 나중에 확인해 봐도 될 일이다.

어쨌든 장가서는 너무 큰 짐을 덜어서 홀가분했고, 자신이 상상하고 있는 것보다 천문주가 훨씬 더 거대한 인물이라는 사실에 가슴이 뿌듯했다.

기개세 일행은 정경장각을 나와서 능소당으로 향했다.

나운상과 담신기는 기개세의 좌우에서 한 걸음 뒤처져서 따르고 있었다.

나운상은 아까부터 자꾸만 핼끔핼끔 기개세의 얼굴을 살펴보고 있었다.

자신이 정경장각에서 정경장로에게 퍼부은 말 때문에 기개세가 언짢아진 것이 아닌가 해서다.

그러나 기개세는 정면만 주시한 채 깊은 생각에 잠긴 듯한 얼굴이어서 그의 의중을 짐작할 수가 없었다.

"상아."

"앗!"

다시 한 번 기개세를 살짝 쳐다보던 나운상은 그가 나직이 부르는 바람에 도둑이 제 발 저리듯 화들짝 놀랐다.

"네?"

"잘했다."

뜬금없는 말에 나운상은 의아한 표정을 지었다.

"무슨 말씀이신지……."

기개세는 그녀를 보며 싱긋 미소 지었다.

"네가 정경장로에게 한 말, 사실 속이 시원했다."

"주군……."

"앞으로도 잘 부탁한다."

멈춰 선 나운상은 저만치 걸어가는 기개세의 뒷모습을 보면서 눈물을 글썽거렸다.

그녀는 원래 눈물을 모르던 여자였는데 기개세를 만난 이후 걸핏하면 눈물을 보이는 여자로 변했다.

하지만 그녀는 꼭 기개세 곁에 있을 때만 그렇다. 그의 곁에서 몇 걸음만 벗어나면 다시 예전의 냉혈소녀(冷血少女)로 돌아갈 것이다.

"후우……."

능소당 연공실 바닥에 가부좌로 앉아 한차례 운공조식을 끝낸 기개세는 길게 숨을 내쉬었다.

지난 석 달 사이에 그의 공력은 삼십 년이 더 증진되었다. 한 달에 십 년씩 증진된 것이다. 아니, 사부 독고성의 내단을 용해시켰다는 말이 옳다.

내단을 더 빨리 용해시키는 방법을 알면 좋겠지만, 지금 이 대로도 충분히 만족하고 있었다.

공력을 한 달에 십 년씩 증진시키는 사람은 천하를 통틀어서 아마 기개세가 유일할 것이다.

그래서 그의 공력은 현재 칠십 년, 일 갑자 십 년이 되었다.

증진된 것은 공력만이 아니다. 무공 면에서도 괄목할 만한 성과를 거두었다.

공력 증진이 내단을 물려준 사부의 덕이라면, 무공 증진은 순전히 그의 천재성과 피땀을 흘린 노력 덕분이다.

현재 그는 천신록상의 무공 중에서 음공인 천진음파를 완벽하게 연마했다.

그러나 완벽하게 연마했다고 해서 완벽한 위력을 발휘하는 것은 아니다.

그러기에는 그가 지니고 있는 공력이 아직 턱없이 부족하기 때문이다.

천진음파를 연마하면서 그는 최소한 삼 갑자, 즉 백팔십 년의 공력이 있어야지만 천진음파를 완벽하게, 그리고 능수능란하게 전개할 수 있다는 사실을 깨달았다.

천진음파 전체를 놓고 봤을 때, 칠십 년 공력을 지닌 그가 현재 발휘할 수 있는 수준은 사성이다.

그다음에는 경공인 신전비 역시 완벽하게 터득했다. 하지만 이것도 공력 부족으로 삼성 수준에 그쳤다.

그의 공력이 한 달에 십 년씩 증가하면, 무공도 그만큼씩 위력을 발휘하게 될 것이다.

천진음파를 연마하기 시작한 지 한 달 후부터 익히기 시작한 천옥신장은 현재 일초식을 겨우 완성한 삼성 수준이다.

천진음파와 신전비하고는 달리 천옥신장은 천신록상의 본격적인 절학이라서 난해하기 짝이 없었다.

아무리 하늘이 천검신문의 문주로 점지한 천재인 기개세라고 해도 천옥신장은 결코 만만하지 않았다.

천옥신장은 삼 초식으로 나누어져 있다. 일초식이 기(氣), 이초식이 장(掌), 삼초식은 강(罡)이다.

말하자면, 일초식인 기는 손바닥이나 주먹으로 상대의 몸을 가격해서 충격을 입히는 것이고, 이초식인 장은 장력을 발출하여 적을 살상하는 것이며, 삼초식 강은 강기(罡氣)를 뿜어내는 것이다.

장력, 즉 장풍은 공력을 경기(勁氣)로 전환하여 손바닥이나 주먹을 통해서 발출, 허공을 격(隔)하여 멀리 떨어진 적이나 물체를 가격하는 것이다.

예를 들어 바위에 장력을 가격시키면 장법의 종류와 위력에 따라서 손바닥 자국, 즉 장인(掌印)이 찍힌다.

장법은 얼마나 빠르고 또 위력적인가 하는 것이 관건이다.

예를 들어서 두 사람이 마주 보고 똑같은 순간에 장력을 발출한다면, 조금이라도 빠른 장력이 먼저 상대의 몸에 적중될 것이다.

만약 두 장력이 중간에서 정통으로 마주치는 경우라면, 더 위력적인 장력이 상대의 장력을 와해시키거나 반탄력에 의해서 상대에게 치명상을 안겨주게 된다.

강기란 체내의 공력을 특수한 구결에 의해서 강기화(罡氣化)시킨 것이다.

즉, 공력을 경기화시킨 것이 장법이고, 경기를 더욱 압축하고 정련(精練)해서 투명한 얼음처럼 만든 것이 강기다.

그러므로 강기는 공력을 무형의 무기처럼 만들어 발출하는 무공 최고 수준의 절정무학이다.

무림에 강기를 발출하는 장법이 수십 개 존재하기는 하지만 당금 무림에서 그것을 성공했다는 사람은 없는 것으로 알려져 있다.

단지 과거에 몇몇 굉장한 절정고수들이 전개했다는 소문이 있는 정도이다.

그런데 기개세는 천옥신장을 연마하는 과정에서 괴이한 경험을 했다.

천옥신장 일초식은 손바닥이나 주먹을 상대의 몸에 직접 가격시켜서 기로써 제압하는 수법인데, 일초식을 전개하면 어김없이 극빙장이 발출되는 것이다.

만년옥정유가 그의 오른손을 옥수(玉手)로 만들어 버렸기 때문에 벌어지는 일이다.

그래서 천옥신장 일초식을 전개하는 데에도 극빙장이 마구 뿜어졌다.

그래서 기개세는 아예 이참에 옥수의 극빙장을 마음먹은 대로 제어하는 것과 동시에 천옥신장에 극빙장을 가미시켜 보자고 작정을 했다.

그 결과 지금은 옥수의 극빙장을 자유자재로 발출, 전개할 수 있게 되었으며, 천옥신장 일초식을 전개하면서 극빙장을 발출할 수도, 그냥 육장(肉掌)만으로 전개할 수도 있게 되는 성과를 거두었다.

결국 그는 천옥신장을 삼성 수준으로 익혔으나, 극빙장 덕분에 그 위력은 칠, 팔성에 버금가는 수준이 돼버렸다.

천신록의 절학은 거기까지 익혔다. 아직 검법과 지공, 보법이 남았는데 그는 그중에서 며칠 전부터 지공을 막 연마하기 시작했다.

그는 천옥신장을 연마하면서 난해하다고 혀를 내둘렀는데, 지공은 그보다 열 배는 더 어려웠다.

또한 검법은 도대체 뭐라고 설명할 수 없을 정도로 오묘하고 난해했다.

여북하면 단지 외우고만 있는 검법 구결을 떠올리면서 반추해 보다가 마치 자신의 앞에 좌우도 꼭대기도 보이지 않는 어마어마한 절벽이 딱 가로막혀 있는 듯한 느낌을 받았을 정도였다.

그래서 검법을 연마하는 것은 나중으로 미루었다. 그는 쉬운 것, 자신의 능력으로 할 수 있는 것부터 차근차근 해나가는 성격이라서 검법은 천신록상의 절학들을 모두 익힌 후에 충분한 시간을 갖고 연마하기로 마음먹었다.

그는 그 외에는 낙성검가의 낙성북두검법을 더 이상 완벽할 수 없을 정도로 연성했다.

지금 당장 대정숙의 최종 시험인 대정총본시에 응시한다고 해도 너끈히 통과할 수 있는 수준이었다.

대정숙의 승급 시험을 위해서 낙성북두검법을 배웠으나, 이제는 실전에서 가장 요긴하게 사용할 수 있는 주력 무공이 돼버렸다.

그는 자신이 원래 알고 있는 무공들, 즉 낙성검가의 사신검법이나 경공술인 유성비행, 점혈 수법인 성라점혈수, 그리고 부친 사패황 기무군이 가르쳐 준 권각법 북두뇌격과 보법인 흑운잠영보를 버리지 않았다.

사람이든 물건이든 쉽게 버리지 않는 그의 성격 때문에, 잡공 수준인 낙성검가나 사도구련의 무공을 버리지 못하고 틈나는 대로 꾸준히 익혔다.

난해하기 짝이 없는 천신록상의 절학을 연마하다가 그 무공들을 익히면 순전히 공짜로 먹는 것처럼 쉬웠다.

"시각이 얼마나 됐느냐?"

"해시(亥時:밤 10시)예요."

기개세가 일어나면서 묻자 뒤에 서서 지켜보고 있던 나운상이 그에게 겉옷을 입혀주면서 대답했다.

그는 고개를 끄덕였다.

"모두들 재당에 불러라. 오늘 밤에는 한잔하자."

"네."

"상아."

"말씀하세요."

"지난번에 너를 치료하다가 생각한 것인데."

'치료'라는 말이 나오자 나운상은 움찔 가볍게 몸을 떨면서 얼굴이 붉어졌다.

화살에 스쳐서 다친 그녀의 둔부를 기개세가 아랫도리를 홀랑 까놓고 치료했던 일이 떠오른 것이다.

치료를 하면서 기개세가 그녀의 둔부와 계곡 속의 은밀한 부위를 봤을 텐데, 그러면서 무얼 생각했다는 것인지 알 수가 없어서 나운상은 조마조마한 마음으로 그의 다음 말을 기다렸다.

툭툭—

"네 궁둥이 구조상 방귀를 아주 잘 뀔 것 같더구나. 궁둥이에 살이 많아서 방귀 소리가 예쁠 것 같다. 오늘 밤에 한번 들어보자."

"대가!"

얼굴이 홍당무처럼 새빨개진 나운상은 입구 쪽으로 휘적
휘적 걸어가면서 웃는 기개세를 향해 빽 소리쳤다.
　그녀는 기개세가 나가고 닫힌 문을 쏘아보며 입술을 잘근
잘근 깨물었다.
　'대가께서 거기를 자세히 살펴본 것이 틀림없어.'
　그러다가 그녀는 아랫배와 항문에 은근히 힘을 줘봤다.
　'잘 할 수 있을까?
　그녀는 방귀를 잘 뀌는 여자들을 기개세가 얼마나 예뻐하
는지 잘 알고 있었다.

　"어. 운상."
　연공실을 나서던 기개세는 다른 연공실을 나와서 자신을
향해서 바삐 걸어오고 있는 진운상을 발견하고 반갑게 미소
지으며 손을 들어 보였다.
　"유 형, 할 말이 있는데 시간 좀 내주게."
　진운상은 가까이 다가오자마자 다짜고짜 요구하듯이 말했
다.
　기개세는 웃으면서 한쪽 팔로 그의 어깨동무를 하며 재당
쪽으로 이끌었다.
　"가자. 그렇지 않아도 모두에게 할 말이 있었는데, 오늘 밤
한잔하면서 자네 얘기도 듣도록 하지."
　"유 형, 내 얘기는 단둘이……."

"모두 있는 데서 얘기해도 괜찮아."

진운상은 뚝 걸음을 멈추었다.

"내가 할 얘기가 무엇인 줄 알고 그러나?"

"대충 짐작하고 있네. 여태껏 내 주변에서 일어났던 이런 저런 사건들 때문이라는 것."

기개세가 정확하게 짚는 바람에 진운상은 어쩔 수 없이 그에게 이끌려 재당으로 들어갔다.

"연아 녀석이 우리의 곁을 떠난 지 어느덧 석 달이 훌쩍 지나 버렸군."

기개세의 첫말에 모두들 숙연한 표정이 되었다.

탁자의 기개세 오른쪽에는 나운상이, 왼쪽에는 손진이 앉았고, 그 좌우와 맞은편에 담신기와 능소지 친구들이 마주 보고 둘러앉았다.

"나는 연아를 하루도, 아니, 한순간도 잊은 적이 없다."

비스듬히 천장을 응시하는 기개세의 두 눈에 너무도 귀엽고 해맑았던 우연의 천진난만한 모습이 아련히 떠올랐다.

그의 말에 능소지 친구들은 모두들 우연을 생각하며 눈시울을 붉혔다.

기개세는 천장에서 시선을 거두어 능소지 친구들을 천천히 둘러보며 말을 이었다.

"그래서 나는 연아의 한을 풀어주기 위해서 얼마 전에 작은 복수를 했다."

그러자 모두의 얼굴에 의아하면서도 적잖이 놀라는 표정이 떠올랐다.

"물론 그렇다고 해서 연아가 살아서 돌아오는 것은 아니지만, 그렇게라도 해야지만 연아가 저승에서 기뻐할 것이고, 연아 가족들도 마음이 다소간 놓일 것 같았어. 그리고 우리들도."

기개세는 모두의 의문이 깊어지기도 전에 말을 이었다.

"나는 남궁가 삼족을 모두 죽이고 남궁세가를 봉문시켰다."

아닌 밤중에 홍두깨 같은 말이다.

갑자기 좌중에 무덤 속 같은 무거운 적막이 흘렀다. 아무도 입을 열지 않았으나, 홍두깨를 얻어맞은 모두의 얼굴에는 불신과 놀라움이 겹쳐서 떠올라 있었다.

능소지 친구들은 기개세의 표정에서 방금 한 말이 진실인지 농담인지 가려내려는 듯 그의 얼굴을 주시했다.

그리고는 진실이라고 믿을 수밖에 없다는 것을 깨달았다. 기개세의 얼굴에는 추호의 장난기도 떠올라 있지 않았다.

더구나 그가 요즘 들어서 농담이나 장난을 일체 하지 않는다는 점으로 미루어봤을 때에도 방금 그가 한 말은 진실일 가능성이 컸다.

너무도 큰 충격에 모두 입이 얼어붙어서 아무도 말을 할 수가 없었다. 단지 머릿속으로 거미줄처럼 복잡하게 이런저런 생각을 하고 있을 뿐이었다.

능소지 친구들은 두어 달 전에 남궁가의 삼족이 하룻밤 사이에 몰살을 당하고, 그래서 남궁세가가 봉문을 했다는 충격적인 소문을 접했었다.

그것이 어떻게 된 일인지 모르는 것은 능소지 친구들이나 무림인이나 다를 바가 없었다.

다만 우연을 죽인 남궁엽의 복수를 하늘이 대신해 준 것이라고 여기면서 기뻐할 따름이었다.

그런데 그것이 기개세가 한 일이었다니, 기절초풍하지 않을 수 없는 일이었다.

"둘째 오라버니는 한시도 우리 곁을 떠난 적이 없었는데 어떻게 그게 가능하죠? 더구나 둘째 오라버니의 실력으로 어떻게 남궁가를……."

먼저 입을 연 사람은 놀라면서도 도저히 이해할 수 없다는 표정의 유정이었다.

기개세는 이 자리에 앉기 전에 오늘만큼은 능소지 친구들의 어떠한 질문에도 다 솔직하게 대답하기로 마음먹었다.

그는 차분하게 대답했다.

"내 명령을 받고 수하들이 한 일이다."

"수하라니……. 둘째 오라버니에게 난데없이 수하가 어디에서 생겼다는 건가요?"

그 역시 의문이다. 의문은 갈수록 커지고 있었다.

기개세는 외출이나 외박을 할 때도 언제나 능소지 친구들과 한 몸처럼 붙어 다녔다.

그런데 대체 어떻게 수하들을 거두고 접촉할 수 있었다는 것인지 모를 일이었다.

기개세가 가볍게 고개를 끄덕이자 나운상과 담신기가 자리에서 일어나 어깨를 활짝 펴고 허리를 꼿꼿이 세웠다.

유정의 물음에 기개세가 대답은 하지 않고 뜬금없이 나운상과 담신기가 일어서자 모두들 의아한 얼굴로 두 사람을 쳐다보았다.

이윽고 나운상이 카랑카랑한 목소리로 입을 열었다.

"우리는 주군의 수하다."

능소지 친구들은 평소에 나운상이 기개세에게 '주군' 이라고 부르는 것을 간혹 들은 적이 있었다.

그러나 그녀가 기개세를 '대가' 라고 부르는 것을 더 많이 들었다.

그녀가 '주군' 과 '대가' 라는 호칭을 번갈아 썼으며, 그것은 그녀 자신도 헷갈렸기 때문이다.

능소지 친구들은 그녀가 기개세에 대한 호칭을 이랬다저랬다 하는 것을 이상하게 여기기는 했으나 장난으로 여길 뿐이지 진지하게 받아들이지는 않았다.

워낙 천방지축인 기개세라서 그와 나운상 사이에 모종의

장난 같은 거래가 있었을지도 모른다고 생각했기 때문이다.

하지만 진운상와 손진은 달랐다. 두 사람은 그것뿐만이 아니라 여러 가지 사건 때문에 기개세에게 의문을 품고 있던 터라서 나운상의 그런 호칭을 가볍게 보지 않았다.

진운상과 손진이 품고 있는 의문 중의 하나는 나운상과 담신기가 갑자기 능소지에 가입하고, 그 즉시 기개세의 그림자처럼 행동하고 있다는 사실이었다.

진운상이 오늘 기개세에게 묻고 싶은 몇 가지 것들 중에 하나가 바로 나운상과 담신기가 기개세와 어떤 관계인가 하는 것이었는데, 묻기도 전에 의문이 풀리고 있었다.

그런데 설마 장난처럼 들렸던 '주군'이라는 말이 실제일 것이라고는 추호도 예상하지 못했다.

기개세는 세 가지 이유 때문에 능소지 친구들에게 자신의 신분을 솔직하게 밝히기로 결정했다.

첫째, 가장 절친한 친구들에게 자신의 신분을 감춰가면서 동고동락하는 것이 마음에 걸렸다. 감추려고 작정하면 대정숙을 수료할 때까지 어떻게든 되겠지만, 친구들을 농락하는 듯한 기분이 들어서 께름칙했다.

둘째, 능소지 친구들을 지금처럼 어중간한 관계가 아닌 완전한 자신의 편으로 만들고 싶었다.

여태까지처럼 쉬쉬하면서 감춘다면 기개세 자신의 행동도 제약을 많이 받을뿐더러 친구들을 속이고 있다는 가책마저

느꼈다.

그래서 그들을 친구 같은 동료로 받아들여서 함께 머리를 맞대고 궁리하면서 대업을 이루고 싶은 것이다.

셋째, 외로움 때문이다. 소옥군이 그의 곁을 떠났고 우연이 죽은 충격은 실로 견디지 못할 정도로 심했다.

그런데다가 자신이 천검신문의 후계자라는 사실을 점차 현실로 인식해 감에 따라 예전의 장난스러운 행동을 자제하게 됨으로써 매사에 진중해졌다.

그래서 그의 천성적인 낙천성이 크게 위축되었다. 그래서는 사는 재미가 없다.

장난을 하지 못하니 웃을 일이 거의 없고, 천검신문의 후계자라는 지위가 자신을 칭칭 동여맨 밧줄 같다는 생각이 자꾸 들었다.

그 이유가 자신의 신분을 능소지 친구들에게 비밀로 하기 때문이라는 생각이 들었다.

그래서 이제는 모든 것을 훌훌 털어놓고 예전의 절친했던 사이로 돌아가고 싶은 것이다.

능소지 친구들이 기개세와 나운상, 담신기를 쳐다보면서 아무 말도 못하고 있을 때 기개세가 조용히 입을 열었다.

"너희들, 천검신문을 알고 있는가?"

기개세는 얘기를 빙빙 돌려서 어렵게 할 것이 아니라 아예 핵심을 터뜨리기로 했다.

물론 충격은 엄청나겠지만, 그렇게 하면 나머지 것들이 모두 술술 풀릴 것이라는 생각이었다.

저잣거리의 코흘리개조차 알고 있는 천검신문을 무림에 몸담은 능소지 친구들이 모른다는 것은 어불성설이다.

도대체 상황이 어떻게 돌아가는지 종잡을 수 없는 능소지 친구들은 기개세가 뜬금없이 전설의 천검신문을 들먹이자 더욱 갈피를 잡지 못했다.

기개세에 대해서 의문을 품고 나름대로 날카로운 안목을 갖고 있다고 자부하고 있는 진운상과 손진마저도 그가 불쑥 천검신문을 들먹이는 이유를 추호도 감지하지 못했다.

그때 재당의 하녀인 강화와 종화가 맛있는 요리와 술을 가져와 조심스럽게 탁자에 늘어놓았다.

요리를 갖고 오다가 기개세의 말을 우연히 듣게 된 두 여자는 평소처럼 무람없이 제비새끼마냥 재잘거렸다.

"악마들로부터 천하를 여러 차례나 구했다는 전설의 천검신문이라면 저도 알고 있어요. 천하가 도탄에 빠지면 언제든지 천검신문이 출현해서 천하를 구할 거랬어요."

"우리 할아버지께서는 만약 천검신문이 아니었으면 이 땅의 모든 백성은 아마 오래전에 몰살당했을 것이라고 말씀하셨어요. 그리고 천검신문은 사람이 아니라 천계(天界)의 천인(天人)들이며, 천검신문의 문주는 옥황상제(玉皇上帝)께서 인간의 모습을 빌어 백성들을 구하려고 현신하신 것이라고도 말씀하셨어요."

천하 구석구석까지 가담항설(街談巷說)되고 있는 천검신문에 대한 이야기는 차라리 불교나 도교 같은 종교를 능가하는 신위를 발휘하고 있었다.

또한 천검신문을 의심하여 무림맹인 천불지도 같은 것을 만든 무림보다는, 무조건적으로 천검신문을 맹종하는 백성들의 마음이 더 순수했다.

강화와 종화가 자신들이 알고 있는 천검신문에 대한 찬란한 업적을 한동안 떠드는 것을 기개세와 능소지 친구들은 묵묵히 듣기만 했다.

이윽고 두 여자가 요리를 가지러 다시 주방으로 돌아가자 기개세가 담담한 목소리로 입을 열었다.

"나는 천검신문의 제구대 문주다."

조용한 그의 목소리가 재당을 잔잔히 울렸다. 목소리는 나직했으나 모두 똑똑히 들었다.

여북하면 주방으로 가던 강화와 종화까지도 그 말을 듣고 놀란 얼굴로 돌아보았다.

능소지 친구들 중에서 기개세의 말을 제대로 알아들은 사람은 아무도 없었다.

아니, 말은 똑똑하게 들었으나 그 말이 담고 있는 어마어마한 내용을 도무지 이해하지 못했다.

무림인이든 백성이든 모두에게 천검신문의 문주라는 존재

는 '하늘'과 동일한 의미였다.

그런데 기개세가 자신이 그 하늘이라고 말한 것이다. 그것은 '내가 황제다'라는 말보다 훨씬 엄청난 의미를 담고 있었다.

이번에도 역시 한참이 지나도록 아무도 말을 하지 않았다.

아마도 능소지 친구들의 머릿속에서 천둥번개와 뇌성벽력이 몰아치고 있는 것이 분명했다.

그때 제일 먼저 반응을 보인 것은 주방으로 가고 있던 강화와 종화였다.

그녀들은 경악하는 얼굴로 기개세를 쳐다보다가 이끌리듯이 다가오더니 그의 앞에 나란히 부복하며 떨리는 목소리로 읊조렸다.

"아아… 천한 천민이 옥황상제님을 뵈옵니다……."

역시 생각이 많은 무림인보다는 단순한 백성이 현실을 더 빨리 받아들였다.

"유 상공을 처음 뵈었을 때부터 범상치 않은 분이라고 생각했었는데… 옥황상제님이실 줄이야……."

"오오… 상제님께서 현신하시다니……."

강화와 종화는 감히 고개조차 들지 못하고 부복한 채 몸을 바들바들 떨면서 감읍했다.

두 여자의 행동은 능소지 친구들을 일깨워 주었다. 그러나 백성들과는 달리 그들은 이 사실을 쉽사리 믿지 못했다. 그러기에는 너무도 엄청난 사건인 것이다.

그렇지만 무엇을 어떻게 확인해야 할지 알지 못했다. 그러는 한편으로 기개세가 장난을 하는 것이 아닌가, 하는 의구심도 들었다.

하지만 기개세는 아무런 말도 하지 않았다. 자신의 신분을 이것저것 증거를 늘어놓고 나운상과 담신기를 빌어서 확인시켜 주고 싶은 마음이 없는 것이다.

강화와 종화는 여전히 부복한 채 바들바들 떨면서 꼼짝도 하지 못하고, 주방 안에서 혼자 바쁜 재당주 전봉여는 아무것도 모른 채 강화와 종화만 불러대고 있었다.

기개세는 능소지 친구들의 시선을 한 몸에 받으면서도 꼿꼿하게 앉아서 미동도 하지 않았다.

이윽고 가장 먼저 정신을 차린 사람은 역시 진운상이었다.

그는 극도로 경악한 중에도 냉정하려고 애쓰면서 그동안 기개세 주변에서 일어났으며, 그래서 자신이 궁금하게 여기고 있던 여러 사건들과 그가 스스로를 천검신문의 문주라고 밝힌 것을 연결시켜 보았다.

거리에서 기개세가 습격을 당한 일과 그 직후에 낯선 고수들이 기개세에게 은밀하게 다가와서 마치 상전을 대하듯 공손했던 광경, 그리고 능소지 자신의 거처에서 암습을 당하여 우연이 죽음을 당한 일. 마지막으로 나운상과 담신기가 느닷없이 능소지에 가입한 일 등이다.

만약 기개세의 말대로 그가 천검신문의 문주라면, 그 모든 일들을 충분히 이해할 수 있게 된다.

기개세가 습격을 당한 일은 악의 무리가 천검신문의 문주를 암살하려는 것이며, 나운상과 담신기는 천검신문과 관계된 수하일 것이라는 사실이다.

입 안이 바싹 탄 진운상은 마른침을 삼키고 정면에 앉은 기개세를 똑바로 주시하며 말문을 열었다.

"내가 자네에게 한 가지 질문을 하는 것을 이해하게."

기개세가 정말로 천검신문의 문주, 즉 천문주라면 그의 이런 행동은 불경의 대죄를 저지르는 것이다.

그렇지만 기개세는 아무런 반응도 없이 묵묵히 진운상을 쳐다보기만 했다.

진운상은 묻기도 전에 어느덧 기개세가 정말 천문주일지 모른다고 믿기 시작하고 있었다.

처음 만났을 때부터 그에게서 느꼈던 남다른 여러 가지 사건과 행동들이 이 순간 새록새록 되살아났다.

그렇지만 이왕에 내친걸음이다.

"자네가 진정 천검신문의 제구대 문주라면, 자네의 사부이신 제팔대 문주는 누구이며 어디 태생이신가?"

그것은 진운상의 사부인 소림사 장문인 혜각 선사가 장로와 제자들에게만 은밀히 알려준 전대 천문주에 대한 비밀이었다.

삼백여 년 전, 혜각 선사의 칠대조 사부인 혜원 선사(慧元禪師)는 우연한 기회에 제팔대 천문주인 절대검황과 사적인 대화를 나눌 기회가 있었다.

그때 혜원 선사는 절대검황에 대해서 몇 가지 알게 되었으며, 그것을 제자에게 알려주었고, 그것이 현재의 장문인 혜각 선사에게까지 전해 내려온 것이다.

혜각 선사는 그 사실을 알고 있는 사람이 천하에서 오직 천검신문 사람들뿐일 것이라고 말했다.

그러므로 만약 기개세가 전대 천문주에 대한 사적인 사실들을 알고 있다면, 그는 현재의 천문주가 틀림없다.

진운상은 극도로 초조한 표정으로 눈도 깜빡이지 않은 채 기개세를 주시하며 대답을 기다렸다.

능소지 친구들은 진운상이 무엇 때문에 그런 질문을 했는지 짐작이 갔다.

그는 전대 천문주에 대해서 알고 있는 것이 분명하다. 그러므로 기개세가 제대로 대답을 한다면, 당금 천문주가 틀림없을 것이다.

문득 기개세의 입가에 빙그레 엷은 미소가 떠올랐다.

그 미소를 보고 진운상은 '설마' 하는 표정을 지었다.

이윽고 기개세는 잔잔한 어조로 입을 열었다.

"사부님의 함자는 독고성. 악주(岳州) 태생이시며, 이십이 세 때 천검신문의 제팔대 문주로 발탁되시어, 이십 년 동안

사문의 절학을 익히시고, 이후 백여 년 동안 천하를 위해서 힘쓰시다가 백사십이 세에 천신동에 들어서 영면하셨다.”

그의 말을 듣는 동안 진운상의 두 눈이 점점 커지더니 마침내 찢어질 듯이 부릅떠졌다.

진운상이 사부 혜각 선사로부터 들은 내용은 전대 천문주 절대검황의 본명이 독고성이라는 것과 출신지가 악주라는 것, 그리고 이십이 세에 제팔대 천문주가 되었으며, 백여 년 동안 천하의 평화를 위해 힘썼다는 내용이었다.

그런데 기개세는 진운상이 알고 있는 사실들을 정확하게 말했을 뿐만 아니라, 절대검황이 어느 장소에서 영면했는지까지도 말했다.

믿어지지 않는 일이지만, 진운상은 기개세가 천검신문의 제구대 천문주가 틀림없다고 확신했다.

그런데 몸이 떨렸다. 처음에는 가늘게 떨리더니 어느 순간 온몸이 폭풍을 맞은 듯 와들와들 격렬하게 떨렸으며, 두 눈에서는 빗물이 쏟아지듯 눈물이 왈칵왈칵 쏟아졌다.

능소지 친구들은 진운상의 모습을 보더니, 그와 비슷한 반응을 보이기 시작했다.

그때 진운상이 반쯤 혼이 나간 듯한 얼굴로 자리에서 일어서더니 뒤로 물러나 기개세를 향해 그 자리에 납작하게 엎드렸다.

그리고는 푸들푸들 떨면서 곧 울음이 터져 나올 것 같은 목소리로 말문을 열었다.

"무… 림 말학 진운상이… 천문주를 뵈옵니다……."

그를 굽어보는 나운상의 입가에 흐릿하면서도 득의한 미소가 피어올랐다.

하지만 기개세는 그저 담담한 표정으로 진운상을 응시하고 있을 뿐이다.

그때 진운상과 거의 뜻을 같이하던 손진이 자리에서 일어나 그의 옆에 기개세를 향해 무릎을 꿇었다.

그녀 역시 아담하고 가냘픈 몸을 사시나무 떨듯이 바들바들 떨고 있었다.

그러나 아무 말도 하지 않았다. 아니, 목이 메어서 아무 말도 할 수가 없는 상태였다.

전설의 천검신문 문주의 출현이다. 그리고 그 사람이, 아니, 천인(天人)이 목전에 앉아 있는 것이다.

그녀의 뒤를 이어서 유석과 유정, 서주동이 진운상과 손진 좌우에 무릎을 꿇었다.

유석과 유정 남매는 기개세가 형제인 자신들에게까지 비밀로 했다는 사실에 대해서 감히 원망 같은 것은 눈곱만큼도 품지 못했다.

마지막으로 부옥령이 유정 옆 가장자리에서 기개세를 향해 무릎을 꿇으며 흐느꼈다.

그런데 너무 흥분하고 격해진 감정 때문에 그는 걸음을 옮길 때마다 미친 듯이 방귀를 뀌어댔다.

그리고 마지막으로 부복을 할 때는 가느다랗고 긴 높은 음의 방귀로 마무리했다.

이런 엄숙한 자리에서까지 방귀를 뀌는 부옥령은 자신의 궁둥이를 잘라내고 싶을 정도로 원망스러웠다.

기개세는 능소지 친구들이 자신을 향해서 부복하는 것을 말리지 않았다.

왜냐하면 그것은 한 번은 꼭 치르고 넘어가야 할 순서이기 때문이다.

第六十四章

팔대명왕(八大明王)

대ᄉᆞ부

“모두 일어나라.”

기개세의 고즈넉한 목소리가 재당 안을 잔잔하게 울렸다.

그러나 아무도 일어나지 않았다. 아직 격렬한 흥분과 감격이 사라지지 않았고, 감히 천문주 면전에서 뻣뻣하게 설 수 없었기 때문이다.

그래서 결국 기개세는 사용하고 싶지 않은 말을 쓸 수밖에 없었다.

“명령이다.”

능소지 친구들 중에서 천문주의 명령을 거역할 배짱을 갖고 있는 사람은 없다.

"앉아라."

일어선 능소지 친구들에게 기개세가 다시 말하자 이번에도 꼼짝도 하지 않는다.

"명령이다."

또다시 '명령'을 들먹여서야 능소지 친구들은 눈썹이 휘날리도록 빠르게 자리에 앉았다.

조금 전까지 기개세의 좌우에 앉아 있던 손진과 유정, 부옥령은 이번에는 감히 그의 곁에 앉지 못하고 앞쪽에 늘어앉았다.

분위기가 몹시 어색하고 딱딱해졌기 때문에 기개세는 불편함을 느꼈다.

"모두들 술과 요리를 먹으면서 평소처럼 행동해라."

하지만 쇠귀에 경 읽기다. 몰랐을 때야 그랬다 하더라도, 기개세가 천문주라는 사실을 알고서 어떻게 간덩이가 배 밖으로 나온 행동을 할 수 있겠는가.

기개세는 능소지 친구들에게 '내가 앞으로 명령이라는 말을 굳이 사용하지 않더라도 명령인 줄 알도록' 이라고 말하고 싶지는 않았다.

친구 사이에는 '명령'이라는 것이 존재하지 않는다. 그는 진심으로 능소지 친구들을 잃고 싶자 않았다.

능소지 친구들은 기개세 앞에 나란히 앉아 있기는 하지만, 모두들 허리를 꼿꼿하게 펴고 눈을 내리깐 극도로 긴장한 모습이었다.

기개세는 속으로 안타까운 한숨을 삼키고는 가라앉은 목소리로 말문을 열었다.

"내 신분을 밝힌 이유는, 더 이상 너희들을 속이고 싶지 않았기 때문이다."

실내는 눈 깜빡이는 소리마저 들릴 정도로 고요했다.

문득 기개세는 옆쪽을 쳐다보았다. 그의 시선이 멈춘 곳에는 강화와 종화가 그를 향해 바닥에 납작하게 부복해 있었다.

그때 주방 안에서 재당주 전봉여가 젖은 두 손을 행주치마에 닦으면서 뒤뚱거리며 나오다가 강화와 종화를 발견하곤 눈에 쌍심지를 돋웠다.

"아니, 바빠서 죽겠는데 이년들이 지금 뭐 하는 짓거리야? 냉큼 궁둥이 들고 주방으로 못 들어와!"

그런데도 강화와 종화가 들은 체도 하지 않자 전봉여는 어이없는 듯 기개세를 보며 껄껄 웃었다.

"이년들이 못 먹을 걸 먹은 모양이니 유 상공께서 너그럽게 봐주세요."

그리고는 강화와 종화의 뒷덜미를 잡고 주방으로 질질 끌고 들어갔다.

잠시 후 주방 안에서 강화와 종화가 목소리를 낮추려고 애쓰면서 뭔가를 열심히 설명하는 말소리가 들렸다.

그러나 그것을 단번에 묵살하는 전봉여의 짧은 일갈이 뒤를 따랐다.

"너희 둘, 맞고 싶으냐?"

기개세는 아무리 궁리를 해봐도 지금의 경직된 분위기를 자신의 신분을 밝히기 전으로 되돌릴 방법을 찾지 못했다.

이런저런 방법을 다 써봤으나 능소지 친구들은 '명령' 이라는 말 외에는 꼼짝도 하지 않았다.

그는 자신의 신분을 밝히더라도 진심으로 친구가 되기를 원하면 능소지 친구들이 받아줄 것이라고 예상했으나 현실은 전혀 반대였다. 그는 이 일을 너무 쉽게 생각했다.

그때 진운상이 고개를 숙인 채 몹시 공손히 입을 열었다.

"천문주께서 소인들에게 신분을 밝히신 이유가 더 이상 소인들을 속이고 싶지 않다는 것 하나뿐입니까?"

핵심을 찌르는 질문이다. 그것만 봐도 과연 진운상은 능소지 친구들을 대표할 만했다.

기개세는 능소지 친구들을 친구로 남겨두고 싶다는 마음을 일단 접었다. 지금은 그것이 문제가 아니다.

"너희들이 나를 도와주었으면 좋겠다."

"소인들을 수하로 거두신다는 말씀입니까?"

'수하' 라는 말이 기개세의 가슴을 찔렀으나 담담히 고개를 끄덕였다.

"그렇다."

그러면서 그는 지금 당장은 능소지 친구들과 예전의 친구

사이로 되돌아갈 수 없으며, 시간이 해결해 줄 것이라는 생각
이 들었다.

　그의 말에 능소지 친구들의 얼굴에 더할 수 없는 기쁜 표정
이 가득 떠올랐다.

　무림인이 천검신문과 가느다랗게 연결만 되어도 가문 대
대로 자랑거리다.

　하물며 문주의 수하라니, 더 이상 말이 필요없는 무상의 영
광이 아닐 수 없다.

　진운상이 후르륵 몸을 떨면서 서둘러 뒤쪽으로 물러나 다
시 기개세를 향해 부복하자 다른 친구들도 우르르 따라서 그
의 좌우에 부복했다.

　"무상의 광영이옵니다. 부디 하교하십시오."

　"하교하십시오!"

　진운상을 따라서 다른 친구들이 입을 모아 복창했다.

　그러자 나운상이 엄하게 꾸짖었다.

　"목소리를 낮추어라. 너희들은 주군을 만천하에 선전하고
싶은 것이냐?"

　이곳은 호수 한복판의 능소지이며 정도고수들이 근무하고
있지는 않지만, 큰 소리를 낼 경우에 호수 밖까지도 들릴 수
가 있다.

　능소지 친구들을 굽어보는 기개세의 마음은 착잡했으나
이제 와서 멈출 수는 없다.

그는 나직하지만 위엄있는 진중한 목소리로 명했다.

"너희들을 나의 측근 사령(司令)으로 삼겠다."

쿵! 쿵! 쿵!

능소지 친구들은 일제히 이마를 바닥에 짓찧었다.

"천명을 받듭니다."

나운상의 꾸중 때문에 그들은 나직이 외쳤으나 목소리만큼은 웅혼했다.

그때 나운상이 기개세에게 조용한 목소리로 전음을 보냈다.

[주군, 막연히 사령이라고 하는 것보다 정확한 명칭이 있어야 할 것 같아요.]

그 말을 듣는 순간 기개세의 뇌리를 퍼뜩 스치는 한 가지 생각이 있었다.

한층 엄숙해진 그의 목소리가 흘러나왔다.

"지금부터 너희들을 팔대명왕으로 임명한다."

나운상과 담신기, 정경장로 장가서는 기개세에게서 뿜어지는 가루라염을 직접 목격하고는 기개세가 부동명왕이라고 입을 모았었다.

기개세는 바로 그것에 착안한 것이다. 자신이 부동명왕이 되고 능소지 친구들을 같은 반열의 칠대명왕에 임명하면 동급이 될 수 있다는 단순하면서도 명확한 방법이었다.

그렇게 되면 주군과 수하보다는 훨씬 가까운 동료나 친구가 될 것이다.

'팔대명왕' 이라는 말에 능소지 친구들은 부지중 고개를 들고 의아한 표정으로 기개세를 쳐다보았다.

천문주 직속에 '팔대명왕' 이라는 지위가 있다는 것은 금시초문이지만, 이름만으로도 뭔가 대단한 지위인 듯했다.

기개세는 빙그레 미소를 지으면서 능소지 친구들을 한 사람씩 찬찬히 살펴보았다. 누굴 어떤 명왕으로 정하는 것이 좋을지 궁리하는 것이다.

능소지 친구들의 얼굴에 의아함과 긴장감, 그리고 기대가 겹쳐져서 떠올랐다. 천문주의 수하로서 팔대명왕이 과연 무엇인지에 대한 의아함과 자신이 그중에 어떤 명왕이 될는지의 기대감이다.

"유정."

"네, 넷!"

유정은 기개세가 자신을 제일 먼저 부를 줄 모르고 있다가 화들짝 놀랐다.

"너는 보척명왕(步擲明王)이다."

"가… 감사합니다."

유정은 황망히 고개를 조아렸다.

그러자 나운상이 엄히 꾸짖었다.

"유정은 봉명(奉命:명을 받들다)하라."

유정은 깜짝 놀라서 다시 쿵! 소리가 나게 이마를 바닥에 부딪쳤다.

"소인 천문주의 명을 받듭니다."

"자신을 신(臣), 혹은 속하라 하고 천문주를 주군이라고 칭해야 한다."

나운상의 칼날 같은 일갈.

"소… 속하, 주군의 명을 받듭니다."

어쩌다가 자신이 제일 먼저 명을 받들게 되었는지, 유정은 극도로 당황해서 정신이 다 달아나 버렸다.

유정이 임명받은 보척명왕은 본디 보현보살(普賢菩薩)의 화신이다.

사보살(四菩薩)의 하나로서 석가모니의 오른쪽에 있으며, 흰 코끼리를 타고 있거나 연화대에 앉아서 진리와 수행의 덕을 맡고 있고, 문수보살(文殊菩薩)과 더불어 모든 보살의 으뜸이 된다.

유정은 이마를 바닥에 댄 채 몸과 정신이 허공에 붕 떠 있는 듯한 기분으로 보척명왕이 무엇이었는지에 대해서 기억을 짜내느라 노력했다.

"서주동은 마두명왕(馬頭明王)이다."

"소, 속하, 주군의 명을 받듭니다."

서주동은 너무 놀라서 무릎을 꿇은 채 펄쩍 한 자나 뛰어올랐다가 바닥에 이마를 찧으며 봉명했다.

마두명왕은 관음보살(觀音菩薩)의 분노한 화신으로, 생사의 큰 바다를 건너다니면서 네 군데의 악마를 항복시키는 위신력(威神力)과 정진력을 지니고 있다.

"부옥령은 항삼세명왕(降三世明王)이다."

"넷! 항삼세! 아니, 속하 부옥령, 주군의 명을 받듭니닷!"

뿡! 뿌뿡!

극도로 긴장하고 흥분한 부옥령은 마구 흘러나오는 방귀를 제어할 정신이 없다.

항삼세명왕은 금강수보살(金剛手菩薩)의 화신으로, 과거, 현재, 미래에 걸쳐서 탐(貪:탐욕), 진(嗔:성냄), 치(癡:어리석음)를 항복시킨다.

"유석은 대륜명왕(大輪明王)이야."

"속하 대륜… 아! 유석, 주군의 명을 받듭니다."

남매 아니랄까 봐 유정처럼 실수를 하는 유석이다.

대륜명왕은 미륵보살(彌勒菩薩)의 화신이며, 선한 중생을 지켜준다고 한다.

"손진을 대위덕명왕(大威德明王)으로 명한다."

그러나 손진은 아무 말도 하지 못하고 이마를 바닥에 댄 채 가만히 엎드려 있을 뿐이다.

나운상의 불호령이 즉각 떨어졌다.

"손진! 주군의 하교를 듣지 못했느냐?"

"아앗!"

혼절한 것은 아니지만 눈을 뜬 채 넋이 빠져 있던 그녀는 화들짝 놀라 비명을 지르더니 고개를 들고 두려운 듯 기개세를 바라보았다.

"주… 주군, 뭐라고 하셨나요?"

"너를 대위덕명왕으로 명한다."

"아… 대위덕……."

쿵!

"똑바로 못하겠는가?"

나운상이 발을 구르자 손진은 너무 놀라고 당황해서 눈물을 글썽였다.

"속하… 손진은 대위덕명왕이 되었습니다. 명을 받듭니다."

대위덕명왕은 문수보살의 화신으로, 모든 악귀를 굴복하게 하여 중생에게 평안을 주는 명왕으로, 일체의 독사(毒蛇), 악룡(惡龍), 원적(怨敵)을 굴복시키기 때문에 싸움명왕이라고도 한다.

나운상은 손진을 보면서 못마땅한 듯 눈살을 찌푸렸으나 기개세는 개의치 않고 마지막으로 진운상을 불렀다.

"진운상은 군다리명왕(軍茶利明王)이다."

기개세가 천검신문의 문주라는 사실을 밝히고 나서 얼마 지나지 않았으나 진운상은 평소의 맑은 정신을 되찾은 상태라서 자세를 바로 하고 공손히 다시 절했다.

"속하 진운상은 주군의 명을 받듭니다."

군다리명왕은 금강장왕보살(金剛藏王菩薩)이 분노한 화신으로서, 머리 하나에 여덟 개의 팔을 지니고 분노의 표정을 지어 아수라와 악귀를 굴복시킨다.

능소지 친구들, 즉 보척명왕인 유정과 마두명왕인 서주동, 항삼제명왕인 부옥령, 대륜명왕 유석, 대위덕명왕 손진, 그리고 군다리명왕인 진운상은 너무도 큰 은혜에 자신들이 지금 꿈을 꾸고 있는 것이 아닌가 의심이 들었다.

"일어나 자리에 앉아라."

기개세의 말에 진운상과 유석 두 사람만 일어나고 나머지는 여전히 바닥에 부복한 자세다.

그러자 또다시 나운상이 꾸짖었다.

"주군께서 일어나라고 명하셨거늘!"

"상아."

"하명하십시오."

기개세의 나직한 부름에 나운상은 공손히 허리를 굽혔다.

그와 단둘이 있을 때에는 '대가' 라고 부르면서 애교에 응석까지 부리던 모습하고는 천양지차다.

기개세는 진운상 등 육대명왕을 가리키며 나운상을 조용히 타일렀다.

"이들은 나와 동격이다."

나운상은 움찔 놀랐다.

"어째서 그런 말씀을⋯⋯."

그녀뿐만 아니라 육대명왕도 크게 놀라서 고개를 들고 기개세를 쳐다보았다.

기개세는 엷은 미소를 지었다.

"내가 부동명왕이라는 사실을 잊었느냐?"

"아!"

나운상은 나직한 탄성을 터뜨렸고, 얼굴에는 복잡한 표정이 떠올랐다. 그러더니 곧 속았다는 표정으로 변했다.

기개세가 능소지 친구들을 팔대명왕에 명한다고 했을 때 나운상은 그가 팔대명왕의 부동명왕이 될 것이라는 사실을 추호도 간파하지 못했다.

'아차!'

그러다 문득 나운상은 자신이 큰 실수를 했음을 깨달았다.

능소지 친구들에게 뭔가 제대로 된 명칭이 필요하지 않겠느냐고 기개세에게 조언한 사람이 바로 나운상 자신이었던 것이다.

기개세가 부동명왕이라는 말에 육대명왕의 얼굴에 한결같이 놀란 표정이 가득 떠올랐다.

부동명왕도 팔대명왕 중 하나이기 때문에 기개세와 능소지 친구들은 결국 동격이라는 뜻이다.

"주군! 그것은 아니 될 말씀이십니다!"

진운상이 공손히 그러나 강력하게 항의했다.

'잘한다!'

평소에 능소지 친구들을 탐탁지 않게 여겼던 나운상이지만 지금만큼은 진운상의 항의에 속으로 박수를 보냈다.

그러나 기개세는 단호하게 잘랐다.

"너희들 여섯 명은 조금 전에 내 명령을 받들겠다고 약속했다."

진운상은 할 말을 잃었다. 그를 비롯하여 다른 다섯 사람은 기개세에게 명왕에 임명될 때마다 분명히 그 명령을 받들겠다고 봉명했었다.

그러므로 이제 와서 그것에 항의한다는 것은 천문주의 천명을 거역하는 것이며, 아울러 자신들이 한 약속을 어기는 것이 되고 만다.

진운상과 다른 친구들이 아무 말도 하지 못하자 기개세는 득의한 미소를 지으며 마지막 쐐기를 박았다.

"부동명왕인 나와 육대명왕인 너희들은 동격이니까 앞으로 예전처럼 편하게 나를 대하라."

아무도 대답하지 않았다.

"약속을 어길 텐가?"

"명을 받들겠습니다."

육대명왕은 하는 수 없이 대답했다.

"동격인데도 명을 받든다고 하는 겐가?"

기개세는 집요하게 물고 늘어졌다.

다시 침묵이 흘렀다. 기개세도, 육대명왕도 고집을 부리고 있는 것이다.

하지만 괜한 것이 아니라 양쪽 다 뚜렷한 이유가 있는 고집이다.

"앞으로 고치게."

결국 그렇게 말하면서 기개세가 한 걸음 물러설 수밖에 없었다. 기 싸움이나 하려고 오늘의 자리를 만든 것이 아니기 때문이다.

기개세가 동격이니 약속 운운하니까 말문이 막혀서 육대명왕이 잠자코 있는 것이지, 정말로 기개세와 맞먹을 생각은 눈곱만큼도 없었다.

이후 기개세는 육대명왕을 자리에 앉히는 데 무척이나 고생을 했다.

하지만 그것은 시작에 불과했다. 그들이 술 한 잔을 마시게 하는 데에는 자리에 앉히는 것보다 열 배 이상의 노력을 쏟아야만 했다.

그런 것으로 봐서는 동격이니 약속 운운한 약발이 조금도 먹히지 않았으며, 예전 같은 관계로 돌아가는 것은 죽을 때까지 불가능할 것 같았다.

"주… 군."

둘째 오라버니를 '주군'으로 부르는 것이 마냥 어색하기만 한 유정이 문득 조심스럽게 입을 열었다.

"왜 그러느냐, 정아?"

기개세는 빙그레 미소를 지으며 그녀를 쳐다보았다.

유정은 그런 기개세의 모습이 평소와 조금도 다름이 없다는 사실에 오히려 놀라는 표정을 지었다. 둘째 오라버니는 변함이 없는데 신분은 변했다.

"저기……."

유정이 머뭇거리자 기개세 왼쪽에 앉은 성질 급한 나운상은 궁둥이를 들썩였지만, 조금 전에 기개세가 자신과 육대명왕이 동격이라고 한 말 때문에 발작하지는 못하고 표정만 싸늘하게 굳혔다.

"무엇인데 그러느냐? 말해봐라, 정아."

기개세가 온화한 미소를 지으며 말하자 용기가 생긴 유정이 조심스레 물었다.

"원… 래 팔대명왕은 여덟인데 우린 이, 일곱이잖습니까? 나머지 한 명은 누굽니까?"

그녀는 평소에 기개세에게 두루뭉술한 말투를 쓰다가 갑자기 사용하는 깍듯한 경어가 어색한지 더듬거렸다.

그녀의 물음은 모두 궁금하게 여기던 것이다.

기개세는 고개를 끄덕이며 의미있는 미소를 지었다.

"응. 나머지 한 사람은 곧 만나게 될 게다."

늦은 봄밤이 으슥하게 깊어지고 있었다.

진운상 등 육대명왕이 한 시진에 겨우 석 잔의 술을 마시는 동안, 기개세의 명을 받은 나운상은 자신들이 천검사영이며, 나머지 두 사람이 누구라는 것, 그리고 천검사호문에 대해서 대략적인 것을 설명했다.

천검사영이며 천검사호문에 대해서는 무림인이라면 누구라도 알고 있는 사실이지만 그 자세한 내막에 대해서는 추호도 알려져 있지 않다.

육대명왕은 나운상과 담신기가 천검사영의 이영(二影)이라는 사실에 크게 놀랐다.

그러나 무림팔대세가 중에서 네 개의 문파, 즉 태극문과 뇌룡문, 성검문, 취봉문이 천검사호문이라는 사실에는 아예 대경실색했다.

원래 천검신문의 태문주가 활동을 끝내고 영면에 들어가면, 천검사호문도 추호의 흔적조차 남기지 않고 무림에서 자취를 감춘다.

그랬다가 수백 년 후에 천검신문의 후계자가 출현하면 천검사호문도 다시 등장한다.

물론 천검사호문은 지난 대(代)에서 사용했던 문파 이름을 버리고 새로운 현판을 들고 나타난다.

아니, 은둔했다가 나타나는 것이 아니라 예전 자파가 있던 곳에서 수천 리 떨어진 곳에서 슬그머니 다시 출현하는 것이다.

그렇다면 새로 등장하는 천검사호문의 역사가 짧아야 하

는데 전혀 그렇지 않다.

예를 들어 태극문의 역사는 장장 이천삼백여 년에 이르고, 뇌룡문은 천 년, 성검문은 천육백여 년, 취봉문은 팔백여 년에 이른다.

그 이유는 이렇다.

원래 천검사호문은 각자 휘하 세력들을 거느리고 있다.

가장 적은 수의 휘하 세력을 갖고 있는 취봉문은 자파가 있는 강서성(江西省)에 십칠 개 문파를, 그 옆 절강성(浙江省)에는 십삼 개 문파를 거느리고 있다.

반면에 태극문은 천하 곳곳에 칠십 개의 지부를 두고 있는데, 사실은 지부가 아니라 태극문이 거느리고 있는 문파들이 지부 역할을 하고 있는 것이다.

—강북에는 구대문파가 있고, 강남에는 태극문이 있다.

이 말은 태극문을 가장 잘 설명하고 있었다. 태극문은 그 정도로 어마어마한 휘하 세력을 거느리고 있는 것이다.

만약 이번 기개세의 임무가 순조롭게 끝나고 그가 영면을 하게 되면 그를 호위하던 천검사호문은 흔적없이 자취를 감출 것이다.

예로 들자면, 뇌룡문은 자파가 있는 북경성에서 어느 날 신기루처럼 사라져 버린다.

그리고는 자신이 거느리고 있던 세력 중에서 다음 대 천검 사호문의 하나로 점찍어놓은 문파로 스며든다.

만약 뇌룡문이 스며든 문파의 이름이 건곤문(乾坤門)이라고 한다면, 제십대(第十代) 천문주가 출현하는 날 건곤문이 천검사호문의 하나가 되어 천문주를 호위하게 된다.

말하자면 천검사호문은 무림에서만 자취를 감출 뿐이지 사라지지 않는 것이다.

문파의 이름만 바꾸어 지난 대보다 더 강력해진 문파로 재탄생하는 것이다.

제일대 시절에는 천검사호문이 아니라 천검일호문(天劍一護門)이었다. 천문주를 호위하는 문파가 오직 하나뿐이었다는 뜻이다.

제일대 천문주가 자신을 보필할 문파를 물색하여 무림에서 가장 정의롭고 될성부른 문파를 골랐는데, 그 문파가 곧 천검일호문이 된 것이다.

물론 그 당시의 천검일호문이 지금의 태극문이고, 이천삼백여 년의 장구한 세월이 흐르는 동안 그 문파는 천하제일문이라고 불려도 손색이 없을 정도의 세력을 지니게 되었다.

그 이후 이천여 년의 세월이 흐르는 동안에 천문주가 차례로 세 개의 문파를 더 거두었는데, 그것이 바로 성검문과 뇌룡문, 취봉문인 것이다.

그런 복잡한 사연을 알 리 없는 육대명왕은 당금의 천검사호문이 태극문과 뇌룡문, 성검문, 취봉문이었다는 사실에 경악하고 말았다.

"오늘은 상아가 모두에게 보여줄 것이 있다고 한다."

혼자 열 잔 이상 마신 기개세는 벌겋게 달아오른 얼굴로 옆자리의 나운상을 쳐다보며 빙그레 미소 지으며 말했다.

원래 술을 즐겨하지 않아서 오늘 밤에 한 잔도 마시지 않은 나운상은 기개세가 무슨 말을 하는 것인지 즉시 알아차리고 표정이 급변했다.

아까 기개세가 방을 나서면서 그녀의 둔부를 툭툭 치며 했던 말이 떠오른 것이다.

"네 궁둥이 구조상 방귀를 아주 잘 뀔 것 같더구나. 궁둥이에 살이 많아서 방귀 소리가 예쁠 것 같다. 오늘 밤에 한번 들어보자."

기개세는 술잔을 입으로 가져가는 체하면서 나운상에게 전음을 보냈다.

[상아, 네가 분위기 좀 띄워봐라. 부탁한다. 응?]

나운상으로서는 처음 들어보는 기개세의 달콤한 목소리여서 도저히 뿌리칠 수가 없었다.

육대명왕은 물론이고 담신기까지도 무슨 일인가 싶어서

나운상을 주시했다.

모두의 따가운 시선을 받으며 나운상은 술잔은 만지작거리면서 남몰래 살며시 아랫배에 힘을 줘봤다.

천만다행으로 뱃속이 부글거리고 있다. 그것도 굉장한 부글거림이다.

뱃속에서는 그저 기체(氣體)지만 둔부 사이로 소리를 내면서 빠져, 아니, 삐져나가는 순간에는 방귀가 된다.

기개세는 나운상을 슬쩍 쳐다보았다. 말은 없지만, '어때? 할 수 있겠어? 라는 물음이 얼굴에 쓰여 있다.

나운상은 살짝 얼굴을 붉혔다. 그러나 조금쯤은 의기양양하게 보일 듯 말 듯 고개를 끄덕였다.

기개세는 안심한 듯 빙그레 미소 지으며 고개를 끄덕였다. 이번 일만 잘되면 모두를 방귀놀이에 끌어들일 수 있고, 그러면 다시 예전의 허물없는 친구 사이로 되돌아갈 수 있는 것이다.

나운상도 인간이다. 그러므로 당연히 방귀를 뀐다. 하지만 지금까지 일부러 소리를 내서 뀌어본 적은 없다.

밀폐된 공간에서는 참았다가 사방이 탁 트인 곳에서 뀌고, 그럴 수 없는 상황에서는 내공으로 흩어버렸다.

하지만 지금은 난생처음 많은 사람들이 있는 곳에서 소리를 내면서 방귀를 뀌어야만 자신이 가장 좋아하는 사람으로부터 칭찬을 듣는 상황이었다.

그것도 되도록이면 아름답고도 길며, 듣는 사람으로 하여
금 감동을 받게 해야만 한다.

'나처럼 아름다운, 그래서 나를 오랫동안 기억하도록 만드
는 방귀를 뀌어야만 해.'

이윽고 나운상은 아랫입술을 살짝 깨물고는 아담하면서도
풍만한 궁둥이를 의자에서 조금 들어 올렸다.

항문과 의자가 밀착되어 있으면 방귀가 잘 나오지 않을뿐
더러 나오더라도 찢어지는 듯한 방귀 소리가 난다는 것은 상
식이다.

육대명왕과 담신기는 나운상이 상체를 약간 앞으로 기울
이더니 두 주먹을 부르쥐고 얼굴이 새빨갛게 달아오르는 것
을 이상하다는 듯한 표정으로 쳐다보았다.

'한 방이다!'

속으로 외치며 마침내 대중 앞에서 뀌는 나운상의 생애 최
초의 방귀가 매끄러운 살집으로 이루어진 계곡 사이에서 거
침없이 뿜어져 나왔다.

뿌우우─ 퍼퍼퍼퍽!

그런데 그 소리는 방귀가 아니라 가죽으로 만든 북을 거칠
게 마구 두드리는 듯한 형편없는 소리였다.

나운상은 얼굴이 홍시처럼 새빨갛게 변했다. 부끄러움이
아니라 수치스러움 때문이었다.

천하의 강북천봉 나운상이 흡사 측간에서 설사를 하는 듯

한 방귀 소리를 내다니, 쥐구멍에라도 들어가고 싶은 심정이
었다.

힐끗 쳐다보니까 사람들이 ‘뭐 저런 게 있어?’ 하는 얼굴
로 자신을 쳐다보고 있는 것이 보였다.

“난 몰라요…….”

탁탁탁!

급기야 그녀는 기개세 어깨에 얼굴을 묻으면서 주먹으로
그의 등을 가볍게 두드리며 앙탈을 부리는 우를 범하기에 이
르렀다.

문득 나운상은 주위에 싸늘한 공기가 흐르고 있음을 감지
하고 뚝 동작을 멈추었다.

그리고는 다른 사람들이 있는 곳에서 자신이 기개세에게
앙탈을 부리는 실수를 범했음을 깨달았다.

기개세와 단둘이 있을 때 하던 행동이 설사방귀 때문에 무
심결에 튀어나온 것이다.

그녀는 모두가 자신을 주시하고 있다는 사실을 보지 않고
서도 느낄 수가 있었다.

원래 도도하고 자존심 강한 여자일수록 이런 상황에 처하
면 수습을 하지 못하는 법이다.

속으로 ‘어떻게 하지?’만 반복해서 중얼거리고 있던 나운
상은 자존심이 엉망진창되는 것을 느꼈다.

부욱!

그때 갑자기 바닥이 들썩거릴 정도의 묵직한 방귀 소리가 터져 나왔다.

나운상은 흠칫 놀라서 자신도 모르게 고개를 들었다.

모든 사람들이 한 사람을 주시하고 있는 것이 보였다. 그 사람은 바로 손진이다. 그녀가 변비방귀로 나운상을 위기에서 구해준 것이다.

평소에는 아무리 방귀를 뀌려고 해도 나오지 않고, 나오더라도 방귀보다는 변이 먼저 나오려고 했던 손진인데 지금은 시기적절하게 제대로 나와주었다.

손진은 단지 당황하고 있는 나운상이 같은 여자로서 측은하게 보였기 때문에 구해주고 싶었다.

문득 나운상과 손진의 시선이 마주쳤다.

나운상은 보일 듯 말 듯 고개를 끄덕이며 살짝 어색한 미소를 지어 보였다.

그녀가 기개세를 제외한 타인에게 이 정도의 미소를 보이는 것은 처음 있는 일이었다.

손진은 방그레 미소 지으면서 얼굴을 붉혔다. 자신의 시도가 성공을 하여 나운상에게 고맙다는 인사를 받은 것이 너무도 기뻤다.

원래 능소지 친구들이 나운상을 부르는 별명이 있었다.

북풍마녀(北風魔女)가 그것이다.

나운상의 눈물 나는 노력과 손진의 가세에도 불구하고 기개세의 의도는 실패로 끝났다.

두 여자의 방귀는 단발로 끝났으며 아무도 거기에 동조하지 않은 것이다.

第六十五章

정혼녀(定婚女) 출현

기개세는 대정숙 내의 의방을 찾았다.

석 달여 전에 엄중한 중상을 입고 의방에서 줄곧 치료를 받아온 오 반사, 오통은 완치 단계에 이른 상태였다.

그 당시에 오통은 대정숙 밖에서 쏜 화살로부터 기개세를 구하려다가 도합 세 발의 화살을 온몸에 맞은 채 의방으로 실려 갔었다.

오통은 의원들의 정성 어린 치료에도 두 달 동안이나 혼수 상태에서 깨어나지 못하고 사경을 헤매다가 불과 한 달 전에야 극적으로 깨어났다.

그때부터는 치료가 급진전을 보이기 시작하여 지금은 상

처가 거의 나아서 가끔 의방 밖에서 산책할 수 있을 정도가
되었다.

기개세가 오통이 머물고 있는 방에 들어갔을 때, 대정반사
의 정식 복장으로 갈아입은 오통은 간단한 물품을 꾸리고 있
는 중이었다.

"유영 생도."

실내로 들어서는 기개세를 발견한 오통은 얼굴 가득 반가
운 표정을 지으며 맞이했다.

오통은 자신이 혼수상태에 있는 두 달 동안 기개세가 하루
도 빠지지 않고 찾아왔다는 사실을 의원을 통해서 듣고는 크
게 감격했었다.

그가 깨어난 후에도 기개세는 이삼 일에 한 번씩은 꼭 찾아
와 주었다.

그러는 사이에 기개세와 오통은 대정생도와 대정반사가
아닌 더 끈끈한 관계로 발전해 있었다.

"퇴방입니까?"

"그렇습니다. 의방에서 해방된다는 사실 때문에 날아갈 것
같은 기분입니다. 하하하!"

오통은 정말로 기분이 좋은 듯 맑은 웃음을 터뜨렸다.

"오 반사, 잠시 능소당에 들렀다 가시지요."

"그러겠습니다."

기개세의 권유에 오통은 선선히 수락했다.

기개세와 오통이 나란히 걷고 그 뒤를 나운상과 담신기가 따르고 있었는데, 오통의 짐은 담신기가 들고 있었다.

저만치 앞에 능소당과 호수가 보이자 기개세가 여태까지 하던 대화를 멈추고 불쑥 물었다.

"오 반사, 무엇을 제일 하고 싶습니까?"

오통은 기개세를 쳐다보더니 곧 엷은 미소를 지었다.

"하루 종일 무공 연마에만 전력하고 싶습니다. 하지만 임무가 있으므로 불가능한 희망이지요."

기개세는 빙그레 미소 지었다.

"왜 하루 종일 무공 연마에만 전력하고 싶은 것입니까?"

"그야 무학에 대한 끝없는 갈구 때문이지요. 나는 무공 연마를 하다가 죽는다면 소원이 없겠습니다. 하하!"

"칼을 만들어서 예리하게 갈기만 하다가 한 번도 써보지 못하고 죽는다면 무슨 소용이 있겠습니까?"

기개세의 날카로운 지적에 오통은 움찔하더니 곧 어색하게 웃어 보였다.

"한낱 대정반사가 대정숙 내에서 무슨 의협과 정의를 행하겠습니까? 더구나 지금은 태평성대이니……."

기개세는 호숫가의 다리 앞에 이르러 걸음을 멈추었다.

"만약 오 반사가 대정반사를 그만둔다면 과연 무엇을 하고 싶습니까?"

오통은 골똘히 생각하더니 미간을 좁혔다.

"생각해 본 적이 없지만… 아마도 천하를 주유하면서 협행을 할 것 같습니다."

기개세는 고개를 끄덕였다.

"내가 그렇게 되도록 해드리지요."

"하하! 농담이라도 고맙습니다!"

오통은 명랑하게 웃었다. 그러나 기개세에게서 아무런 반응이 없자 그를 쳐다보다가 의아한 표정을 지었다.

기개세의 얼굴에 진지한 표정이 떠올라 있는 것을 발견했기 때문이다.

"유영 생도, 방금 그 말 농담이 아닙니까?"

"아닙니다."

"대체 어떻게……."

기개세는 멈추지 않고 다리로 올라섰고, 오통이 빠른 걸음으로 따라와 나란히 걸었다.

"나 역시 오 반사가 이제부터는 임무를 떠나서 무공 연마에만 전력하고 그 후에는 천하를 위해서 협행을 하기를 바라고 있습니다."

오통은 어리둥절한 표정을 짓더니 잠시 후 진중하게 물었다.

"유영 생도, 말을 돌리지 말고 해주십시오. 혹시 내게 부탁하고 싶은 것이 있습니까?"

"하하! 들어가서 애기합시다."

  능소당 편좌실(휴게실)에서 기개세는 맞은편에 앉은 오통
에게 연이어 두 가지 사실을 밝혔다.
  자신이 천검신문의 제구대 문주라는 것, 그리고 오통을 자
신의 최측근인 팔대명왕의 무능승명왕(無能勝明王)으로 삼겠
다는 것이다.
  무능승명왕은 지장보살(地藏菩薩)의 분노한 화신으로, 이
름처럼 아무도 이 명왕에게는 이길 수 없다고 한다.
  기개세는 짧고도 간결하게 두 가지를 말하고는 굳게 입을
다물고 아무런 설명도 하지 않았다.
  하지만 오통은 그것이 농담이 아니라는 것을 간파했다.
  오통이 알고 있는 기개세는 농담을 즐겨하지 않으며, 지금
은 농담을 할 계제가 아니다.
  세상의 일이란 단순하다. 농담이 아니라면 진실이라는 것
이다. 그 말이 진실이라면, 기개세는 천검신문의 제구대 문주
라는 뜻이다.
  엄청난 충격이 오통의 정신을 마비시켰다가 한참 만에야
되돌려 놓았다.
  기개세도, 그 뒤에 우뚝 서 있는 나운상과 담신기도 입을
굳게 다문 채 오통을 주시하고 있었다.
  오통 혼자서 이 충격을 감당하고 스스로 현실을 인식하라

는 뜻이다.

그의 표정이 수시로 변했으며, 깊은 생각에 잠겼다가는 기개세와 나운상, 담신기를 번갈아 쳐다보기도 했다.

그렇게 일각여가 흘렀을 때 이윽고 그의 얼굴에 더없이 엄숙한 표정이 가득 떠올랐다.

이어서 그는 자리에서 일어나 뒤로 물러나더니 기개세를 향해 공손히 부복하며 입을 열었다.

"속하 오통은 주군의 명을 충심으로 받듭니다."

그는 당신이 정말 천검신문의 문주냐고 묻지도, 확인하지도 않은 채 곧장 행동으로 옮겨 봉명을 했다.

그것은 평소에 그가 기개세를 어떻게 생각하고 있었는지를 극명하게 보여주는 행동이었다.

또한 기개세가 그에게 실없는 사람이 아니었음을 증명하는 것이기도 하다.

하지만 부복하고 있는 오통의 당당한 체구가 가늘게 떨렸다. 그로 미루어 엄청난 충격을 억제하고 있는 것이 분명했다.

기개세는 고개를 끄덕였다.

"일어나십시오."

"주군께서 하대를 하시면 명을 따르겠습니다."

오통은 처음부터 만만치 않게 나갔다.

기개세는 빙그레 미소를 지었다.

"일어나게."

그제야 오통은 일어나서 공손히 시립한 자세를 취했다.

기개세는 일어나서 방문으로 걸어갔다.

"가세. 육대명왕을 소개하겠네."

*　　　*　　　*

북경성.

자금성 밖 동쪽 동안로(東安路) 양쪽의 거대한 대장원들은 대부분 황족과 왕후장상, 고관대작의 소유다.

북경성 내의 다른 거리들이 장사치와 행인들로 북새통을 이루는 것과는 대조적으로 동안로는 조용하기 짝이 없다.

이곳에서 장사치들이 시끄럽게 굴다가는 당장 관병에게 잡혀가서 치도곤을 당하기 때문이다.

그렇다고 이 거리에 사람이 없는 것은 아니다. 북경성에서 가장 으리으리한 대장원들을 구경하려는 유람객들이 한가하게 동안로를 오가면서 주위를 두리번거리는 정도였다.

지금도 몇몇 유람객들이 한산한 동안로를 천천히 걸으면서 구경을 하고 있었다.

그중에 조금도 특이하게 보이지 않는 한 사람이 있었다.

체격은 건장하지만 무기를 지니지 않았으며, 황의 유생복을 입고 문사건을 쓴 것으로 미루어 어디에서나 흔하게 볼 수 있는 문사인 듯했다.

그는 뒷짐을 지고 어슬렁거리면서 한가롭게 주위를 구경하는 중이었다.

하지만 누군가 그를 유심히 살핀다면 그가 이따금씩 날카로운 눈빛을 띠는 것과 두 눈에 정광(正光)이 일렁이는 것을 발견할 수 있었을 것이다.

그런 정광은 무공을 그것도 정심박대한 정파의 무공을 오랫동안 연마한 사람만이 지닐 수가 있다.

사실 그는 유람객이나 문사가 아니라 남궁산이다.

대정숙에서 소옥군에게 춘약을 먹여서 겁탈하려다가 실패하여 낙양성 내의 어느 장원에 은둔해 있던 어느 날 북경성 황족이 보낸 밀정을 따라서 낙양성을 탈출했던 바로 그 남궁산인 것이다.

석 달 전, 천검사호문의 취봉문주인 우지화와 그녀의 여동생 우림은 취봉고수 오십 명과 천검삼호문에서 삼십 명씩 선발된 구십 명, 도합 백사십 명의 천호고수(天護高手)들을 이끌고 산동성 남궁세가로 향했었다.

그들의 앞길을 인도한 것은 하루 전에 낙양성을 떠난 남궁산과 그를 미행하는 다섯 명의 취봉고수였다.

남궁산은 곧장 남궁세가로 향했고, 삼 년여 만에 돌아온 고향집에서 단 하룻밤의 회포를 풀었을 뿐이다.

그다음 날 득달같이 들이닥친 괴한들에 의해서 남궁가 삼족이 깡그리 몰살을 당한 것이다.

남궁세가의 무공은 산동성 제일이라고 불릴 만큼 고강했으나, 천호고수들의 상대는 되지 못했다.

그때 우지화는 분명히 남궁산의 가슴을 검으로 찔렀으며, 우림은 그의 목을 직접 잘랐었다.

그런데 그 남궁산이 이곳 북경성 동안로를 버젓이 거닐고 있는 것이다.

사실 그는 죽지 않았다.

멸문지화가 있었던 그날 밤, 그는 형제자매와 사촌들과 어울려서 진탕 통음(痛飮)을 한 후, 술에 취해서 한사코 들러붙는 사촌 한 명을 자신의 방에 눕혀 재워놓고는 아무도 몰래 장원의 담을 넘어 밖으로 나왔다.

삼 년 전, 대정숙에 입교하기 위해서 집을 떠나기 전에 몸과 마음을 다 바쳐서 진심으로 사랑했던 여자를 만나기 위해서였다.

남궁세가로부터 일각 거리에 있는 어느 장원에 도착한 그는 여자의 방에 몰래 숨어들어 그녀와 뜨거운 하룻밤을 보내고는 동이 트기 전에 아무 일 없었다는 듯이 남궁세가로 돌아왔다.

그러나 그의 눈앞에 벌어진 광경은 믿을 수 없게도 남궁가의 멸문지화였다.

시체가 들끓었으며 여기저기에서 고함 소리와 통곡 소리,

피비린내가 남궁세가 밖에까지 진동을 했다.

남궁산은 대경실색하여 급히 몸을 숨겼다.

놀란 그의 두 눈에 남궁세가의 곳곳을 이리저리 훨훨 날아다니면서 마구잡이로 살인을 벌이고 있는 자들의 모습이 들어왔다.

하지만 그들은 하나같이 흑의야행복을 입었으며 복면을 하고 있어 누군지 알아볼 수가 없었다.

남궁산이 보기에 괴한들이 펼치는 무공은 생전 처음 보는 종류였으나, 산을 쪼개고 바다를 가르는 굉장한 위력이 실려 있었다. 한눈에도 남궁세가의 고수들은 괴한들의 상대가 되지 못하는 것처럼 보였다.

담장 밖에서 몰래 지켜보던 그는 괴한들이 남궁가 사람들만 골라서 주살하고 있다는 사실을 깨달았다.

그 직후에 충격적인 광경을 목격했다. 자신의 방에서 자고 있던 사촌이 괴한에게 제압되어 끌려 나온 것이다.

그리고는 두 명의 괴한이 각각 사촌의 심장을 찌르고 단칼에 목을 잘랐다.

그중에서 사촌의 목을 자른 괴한이 울분을 터뜨리는 듯한 중얼거림을 흘리는 것을 남궁산은 똑똑히 들었다.

"남궁산! 드디어 막내의 원수를 갚았다!"

그 목소리는 서릿발 같은 여자의 것이었다. 그녀는 사촌을 남궁산으로 알고 있는 것 같았다.

그 순간 남궁산의 뇌리를 스치는 것이 있었다. 자신이 겁탈하려다가 실패한 소옥군과 동생 남궁엽이 유영을 암습했다가 죽인 우연의 일이었다.

그렇다면 지금 남궁세가를 핏물로 씻고 있는 괴한들은 필경 소옥군의 본가인 절강성 운예문의 여고수들이거나 우연의 본가인 취봉문의 여고수들일 것이다.

직감적으로 심상치 않음을 느낀 남궁산은 남궁세가로 들어가지 않고 그 길로 곧장 사랑하는 여자의 집으로 가서 그녀에게 모든 사실을 설명하고, 그녀와 함께 북경성으로 도주를 했다.

낙양성으로 그를 탈출시켜 주려고 왔던 북경성 황족의 밀정이 자신의 주인에 대해서 말해주었기 때문에 그는 북경성에 그 황족을 만나러 갔던 것이다.

하지만 남궁산은 황족은 만나보지도 못한 채 단지 일전의 그 밀정을 간신히 만나 남궁가의 몰살 등 자신이 겪은 일을 설명하고는, 그의 손에 이끌려 북경성 밖으로 나갔다.

밀정이 안내한 곳은 북경성 동남쪽 해자(垓字) 밖에 있는 음마정(飮馬井)이라는 작은 마을이었다.

밀정은 그곳의 어느 아담한 장원에서 남궁산과 여자를 기거하게 해주었다.

그러나 단지 그것뿐이었다. 그 후로 밀정은 한 번도 남궁산을 찾아오지 않았다.

장원에는 하인과 하녀들이 십여 명 상주하고 있으며 모든 것이 풍족해서 남궁산과 여자가 생활하는 데에는 조금도 불편함이 없었다.

하지만 남궁세가의 후계자였던 그가 대정숙에서도 쫓겨나고 남궁가가 몰살을 당한 상황에서 벌레처럼 숨어 지내며 먹고사는 것만으로 만족할 리가 없었다.

밀정은 그에게 잠잠해질 때까지 장원 밖으로 한 발자국도 나오지 말라고 당부했었다.

그러나 남궁산은 이틀 만에 변복을 하고 장원을 나와 몰래 북경성으로 잠입했다.

그리고는 주루나 다루를 기웃거리면서 가담항설하는 소문에 잔뜩 귀를 기울였다.

그 결과 남궁가 삼족이 하룻밤 사이에 떼죽음을 당했다는 사실과 그 여파로 남궁세가가 봉문했다는 청천벽력 같은 소문을 접하게 되었다.

한 무리의 괴한들이 남궁세가를 쑥밭으로 만드는 광경을 남궁산은 두 눈으로 똑똑히 목격했었다.

그러나 그로 인해서 남궁세가가 봉문을 했다는 것은 충격이 아닐 수 없었다.

이후 남궁산은 북경성 내를 돌아다니면서 소문을 더 들으려고 하였으나 뜻을 이루지 못했다.

남궁가 삼족을 몰살시킨 자들에 대해서 별별 소문이 다 돌았으나 하나같이 쓸데없는 헛소리들뿐이었다.

남궁산이 두 눈과 귀로 직접 보고 들은 것이 가장 정확했다. 흉수는 여자들이고, 운예문 아니면 취봉문이다. 그는 그렇게 확신했다.

이후 음마정의 조그만 장원에서 사랑하는 정인(情人)과 숨죽인 듯이 지내고 있었으나 남궁산은 사는 것이 사는 것 같지가 않았다.

자신으로 인해서 부모 형제와 친척들, 외가가 모조리 몰살당했다는 자책감과 복수심 때문에 침식을 잊고 이를 부득부득 갈아댈 뿐이었다.

하지만 도망자의 입장인 그가 할 수 있는 일은 아무것도 없었다.

그래서 결국 오랜 고심 끝에 그는 한 가지 결단을 내렸다. 북경성의 황족을 직접 만나서 뭔가 대책을 마련해야겠다는 것이었다.

그래서 지금 그는 숨어 있던 장원을 나와 황족을 만나러 가는 길이다.

지금부터 일 년쯤 전에 대정숙에 있던 남궁산은 부친으로부터 한 가지 명령을 전달받았다.

대정숙 내에 있는 어떤 한 사람의 명령에 무조건 따르라는 내용이었다.

그 사람은 대정숙의 생도였는데, 마조(瑪祖)라는 특이한 이름을 사용하고 있었다.

그때부터 남궁산과 남궁엽 형제는 마조의 명령에 절대복종했다. 그의 명령에 따라서 오대군림에 속한 생도들을 차례차례 포섭해 나갔다.

그리고 끝내는 능소지의 유영을 암살하라는 것과 소옥군을 겁탈하여 그녀를 이용해서 유영을 암살하라는 명령을 받게 되었던 것이다.

남궁산은 마조의 진짜 신분을 모른다. 또한 부친이 무엇 때문에 마조의 명령에 무조건 복종하라고 했는지도 모른다. 몹시 궁금했으나 알아낼 방도가 없었다.

부친은 죽었으며 마조를 만날 수도 없는 상황이었다. 그래서 남궁산은 답답해서 미쳐 버릴 지경이었다.

남궁가 삼족이 왜 몰살을 당했으며, 자신이 어째서 이런 상황에 처했는지를 까맣게 모르고 있기 때문이다.

그러나 희망은 있다. 지금 만나려고 하는 황족과 대화를 하게 되면 무언가 알아낼 수 있을 것이다.

그러므로 무슨 일이 있어도 황족을 만나야만 한다.

남궁산은 어느덧 목적지인 황족의 대장원 전문을 십여 장쯤 남겨둔 곳에까지 이르렀다.

그는 두 주먹을 불끈 움켜쥐면서 각오를 새롭게 다지며 전문을 향해 걸어갔다.

하지만 유람객처럼 보이기 위해서 주위를 두리번거리는

것을 잊지 않았다.

"......!"

그때 그의 눈이 번쩍 기광을 발했다. 그의 눈에 황의를 입은 평범해 보이는 한 사람의 모습이 들어왔다.

황의인은 남궁산이 향하고 있는 전문에서 봤을 때 맞은편에서 오른쪽으로 오 장쯤 되는 골목 안 오른쪽 벽에 기대어 서 있었다.

남궁산은 전문의 왼쪽에서 걸어가고 있었기 때문에 황의인의 모습을 볼 수 있었다.

그러나 만약 반대쪽에서 다가오고 있었다면 황의인을 발견하지 못했을 것이다.

남궁산이 황의인을 보고 놀란 이유는, 그자가 뭔가 은밀한 몸짓을 하면서 황족의 장원 전문 쪽을 살피고 있다는 느낌을 받았기 때문이다.

그때 황의인의 모습이 갑자기 사라졌다. 골목 안쪽으로 들어간 것이다.

남궁산은 걸음을 더 느리게 하면서 황의인의 모습이 다시 보이기를 기다렸다.

하지만 그가 황족의 대장원 전문 앞에 이를 때까지도 황의인의 모습은 다시 나타나지 않았다.

남궁산은 더 이상 유람객인 것처럼 주위를 두리번거리지 않았다. 너무 긴장한 나머지 그래야 한다는 사실을 잊어버린 것이다.

그는 뚫어지게 골목을 주시하면서 전문을 지나쳤다. 본능이 그에게 전문으로 향하지 말라고 속삭였다.

극도로 긴장한 그는 자신의 걸음이 점점 빨라지고 있다는 사실도 미처 깨닫지 못했다.

'그자가 황족의 장원을 감시하고 있는 것이라면?'

만약 정말 그렇다면 황의인은 운예문이나 취봉문과 연관이 있는 자일 것이다.

그렇지 않더라도 남궁가 삼족의 몰살과 관련있는 것은 틀림이 없다.

'내가 죽지 않았다는 사실을 뒤늦게 알고 나를 잡으러 온 것이 분명하다.'

길게 생각하지 않아도 그런 결론이 나왔다. 그렇게밖에는 생각할 수 없기 때문이다.

남궁산은 부친과 황족이 누군가와 은밀하게 손을 잡았고, 그런 기미를 간파한 천검사호문이 황족을 감시하고 있다는 사실은 꿈에도 알지 못하고 있었다. 그저 자신의 안목으로만 판단할 뿐이었다.

이윽고 골목이 목전으로 다가왔다. 그는 계속 걸으면서 힐끗 재빨리 골목 안을 쳐다보았다.

'사라졌다.'

골목은 칠팔 장쯤 직선으로 뻗었다가 막혔으며 그곳에서

좌우로 갈라졌는데, 골목 안 어디에도 황의인의 모습은 보이지 않았다.

만약 황의인이 황족의 장원을 감시하는 것이 아니라면 그토록 짧은 시각 안에 사라졌을 리가 없었다.

'감시하고 있었던 것이 분명하다! 그리고 그자는 나를 봤을지도 모른다. 그래서 사라졌을 것이다.'

남궁산은 계속 빠르게 걸으면서 염두를 굴렸다. 걸음이 점점 빨라지더니 어느덧 달리고 있었다.

휘익!

그리고 한순간 그는 경공술을 전개하여 전속력으로 동안로를 벗어나고 있었다.

*   *   *

"괜찮을까요?"

한송연은 벌써 같은 물음을 세 번이나 반복하고 있었다.

이곳은 무창성 근교에 위치한 사도구련 총련 내의 총련주 사패황 기무군의 집무실이었다.

둥근 탁자에는 김이 모락모락 나는 찻잔 세 개가 놓여 있고, 그 앞에는 기무군과 부인 한송연, 그리고 부친인 천사존 기화종이 둘러앉아 있었다.

한송연이 같은 물음을 세 번이나 반복했지만 남편인 기무군과 시아버지인 기화종은 한마디도 대답하지 않았다. 아니, 할 수가 없었다.

그런데 기무군의 한쪽 눈은 시퍼렇다 못해서 아예 거무죽죽하게 멍이 들었으며, 코는 내려앉았고, 입술은 찢어지고 퉁퉁 부어 있었다.

기무군뿐만 아니라 기화종의 얼굴도 그에 못지않았다. 양쪽 뺨이 커다란 만두처럼 퉁퉁 부었으며, 한쪽 눈은 너무 부어서 아예 감겨 있었다.

둘 다 누구에게 일방적으로 두들겨 맞은 것이 분명했다. 사도 최고 고수 두 명이 누구에게 이처럼 지독하게 당했는지 의문이다.

그런데도 한송연은 남편이나 시아버지 걱정은 하지도 않고 대정숙에 있는 아들만 염려하고 있었다.

"세아가 괜찮을까요?"

그녀는 네 번째 물음을 중얼거렸다. 대답을 듣자고 하는 물음이 아니라 혼자 조바심을 이기지 못해서 내는 독백 같은 것이었다.

기무군과 기화종은 한송연이 자신들에게 무관심한 것에 대해서 별달리 불쾌하게 여기지 않았다.

그러기에는 아들이며 손자인 기개세에 대한 걱정이 너무 컸기 때문이다.

사건의 발단은 이렇다.

아까 기무군과 기화종이 점심 식사를 하고 있는 중에 한 소녀의 방문을 받았다.

소녀는 자신의 이름이 독고비(獨孤飛)이며 방년 십팔 세라고 밝히면서 매우 상냥하고 예절 바르게 행동했다.

소녀의 신분을 알게 된 기무군은 크게 기뻐했다.

왜냐하면 소녀 독고비는 기무군이 십육 년 전에 천하를 유람할 당시에 결의형제를 맺은 막역지우의 외동딸이기 때문이었다.

그 당시에 기무군과 친구는 의기투합하여 자신들의 자식을 이후 십육 년 후에 혼인시키자면서 굳게 정혼을 맺었었다.

사실 기무군은 십육 년 전에 맺은 정혼이 이루어지리라고는 별로 기대하지 않았다.

친구와 헤어지고 나서는 십육 년 동안 연락이 완전히 끊어졌으며 지금까지 서로의 소식에 대해서는 전혀 모르고 살아왔기 때문이다.

그래서 단지 기개세를 협박하는 도구로써 정혼을 이용했을 뿐이다.

그런데 느닷없이 독고비가 전격적으로 사도구련을 방문한 것이다.

그 당시에 기무군은 자신의 신분에 대해서 친구에게 말하지 않았었는데, 그의 딸이 어떻게 이곳을 귀신같이 찾아왔는지 궁금한 일이었다.

기무군은 적잖이 당황했으나 내색하지 않고 독고비를 예의로서 대접했다.

독고비는 기무군이 내주는 의자에 다소곳이 앉아서 잠시 침묵을 지키더니 더할 수 없이 우아하고 예의 바른 모습으로 입을 열었다.

"소녀의 낭군님은 어디에 계신가요?"

단도직입적인 물음이다.

그녀가 첫마디에 기개세의 행방을 물을 줄 몰랐던 기무군은 가볍게 당황하여 잘 모르겠다고 얼버무렸다.

설혹 당황하지 않더라도 기개세가 사도인으로서 대정숙에 입교했다고 곧이곧대로 밝힐 수는 없는 일이었다.

"낭군님이 계신 곳을 말씀해 주세요. 네?"

독고비는 다시 한 번 물었다. 두 번째는 처음하고는 달리 몹시 애처롭고도 안타까운 표정을 지었다.

그러나 기무군이 누군가. 한 번 아니라고 결정하면 목에 칼이 들어와도 아니라고 말하는 단호한 성격이다.

하지만 그의 단호한 성격은 그로부터 일각 후에 여지없이 꺾이고 말았다.

두 번째 물음에도 기무군과 기화종이 대답하지 않자 독고비가 마침내 본성을 드러낸 것이다.

그녀는 제일 먼저 식탁을 뒤집어엎고는 곧바로 기무군의 먹살을 잡아 바닥에 패대기쳤다.

그녀가 어떤 수법으로 사도무림의 일인자인 사패황 기무군의 멱살을 잡았으며 또 패대기를 쳤는지는, 그 수법이 너무 빨라서 알 수가 없었다.

깜짝 놀란 기화종이 달려들어 말렸으나 독고비는 기화종마저 붙잡아서 기무군 옆에 나란히 눕히고는 두 사람 위에 올라타고 무차별 주먹질을 퍼부어댔다.

기무군과 기화종이 정신을 차렸을 때는 이미 자신들이 피떡이 된 상황이었고, 기개세가 어디에 있는지 이실직고를 한 후였다.

부자지간이 나란히 누워서 죽도록 얻어맞는 것은 목에 칼이 들어오는 것보다 더 가혹한 일이었다.

원하는 것을 얻은 독고비는 언제 그랬느냐는 듯이 식탁을 똑바로 세우고, 하녀들에게 요리를 다시 갖고 오라고 지시하고는 기무군과 기화종을 친절하게 부축하여 원래의 자리에 공손히 앉혀주었다.

그리고는 처음에 들어왔을 때보다 열 배는 더 공손하게 다소곳이 말했다.

"조만간 낭군님을 모시고 와서 다시 찾아뵙겠어요, 아버님, 할아버님."

직후 독고비는 온다 간다 말도 없이 바람처럼 사라져 버렸다.

"하아… 우리 세아를 어쩌면 좋아요?"

한송연이 다섯 번째 입을 열었다. 이번에는 지난 네 번과 말이 조금 달라졌다. 그렇지만 ‘염려’라는 점에서는 같았다.

기무군과 기화종은 이번에도 역시 대답하지 않았다.

두 사람은 머릿속에 가득 들어차 있는, 독고비에게 당했던 아까의 그 끔찍한 기억을 지우기 위해서 안간힘을 쓰고 있을 뿐이다.

한송연은 그처럼 가공할 능력과 괴팍한 성격을 지닌 며느리가 기개세를 찾아갔기 때문에 그가 무사하지 못할 것이라면서 내내 염려하고 있는 것이다.

문득 기화종이 낮은 목소리로 기무군을 불렀다.

“아범아.”

“네, 아버님.”

기무군은 기화종의 얼굴에 흐릿한 기대감이 떠오른 것을 발견하고 의아한 표정을 지었다.

“그런 손자며느리가 우리 가문에 들어온다면, 사도의 앞날에도 희망이 있지 않겠느냐?”

“그… 그렇군요, 아버님.”

두 사람이 손을 맞잡고 기뻐하는 모습을 씁쓸하게 바라보다가 한송연은 자리에서 일어섰다.

第六十六章
위험한 야행(夜行)

대사부

스으…….

두툼하고 긴 중지가 은색의 짧은 단검 설인검의 검신을 검첨 방향으로 천천히 쓰다듬고 있다.

손가락이 검첨을 두 치쯤 남겨놓은 지점에서 검첨을 향해 빠르게 훑으며 한쪽 방향을 가리켰다.

…….

순간 무형 무음의 어떤 기운이 설인검과 중지 사이에서 놀랍도록 빠른 속도로 발출되었다.

퉁!

다음 순간 그곳에서 사 장쯤 떨어진 곳 벽 앞에 놓여 있던 하나의 쇳덩이에서 묵직한 소리가 터졌다.

벽 앞에 세워져 있는 쇳덩이는 사람 크기의 길쭉한 모형인데 두 팔과 두 다리도 있다. 즉, 철인(鐵人)이다.

방금 쏘아간 무형 무음의 기운은 철인의 미간에 정확하게 적중되었다.

하지만 눈에 간신히 보일 듯 말 듯 미미하게 팬 흔적만 생긴 정도이다.

철인의 온몸 주요 급소 부위에는 곰보 자국처럼 팬 흔적이 빼곡하게 있었다.

흔적은 두 종류인데, 한 종류는 두 푼(分) 정도 파인 것이고, 또 한 종류는 아주 흐릿하게 파인 흔적이다.

연공실 한복판에는 기개세가 왼손에 설인검을 쥔 채 앉아 있고, 사방 곳곳에 가깝거나 멀게 십여 개의 똑같은 모습의 철인이 세워져 있다.

그는 지금 천진음파를 연마하고 있는 중이다.

천진음파는 두 종류다. 입으로 발출하는 무음기공(無音氣功)과 손으로 다른 물체를 쓰다듬거나 만져서 발출하는 접음기공(接音氣功)이다.

지금은 접음기공을 연마하고 있는데, 완벽하게 익힌 무음기공에 비해서 수준은 조금 못 미친다.

접음기공을 완벽하게 익히기는 익혔는데 공력을 어떤 물체와 접촉시켜서 발출하는 단계에서 애를 먹고 있었다.

철인에 두 푼 깊이로 팬 흔적을 남긴 것은 무음기공이고, 미미한 흔적은 접음기공이다.

공력을 제대로 운용하지 못한다는 것이 그 정도로 큰 차이를 내고 있다.

퉁!

기개세는 이번에는 다른 방향의 조금 더 멀리 오 장 거리에 있는 철인을 향해 설인검을 쓰다듬다가 접음기공을 털어내듯이 발출하여 심장 부위에 적중시켰다.

그 앞에 가보지 않아도 조금 전 사 장 거리보다 더욱 흐릿한 흔적이 간신히 찍혀 있는 것이 선명하게 보였다.

"역시……."

기개세는 씁쓸한 얼굴로 고개를 끄덕였다. 모든 것은 완벽하다. 다만 연습이 부족할 뿐이었다.

"이제 그만 하세요."

언제나 기개세의 뒤에 서 있는 나운상이 조용히 말했다.

"조금만 더……."

"안 돼요. 오늘은 한 달에 한 차례 있는 외박 날이니까 서둘러야 해요."

기개세가 아쉬운 듯 뭉그적거리자 나운상이 뒤에서 그의 양쪽 겨드랑이 밑으로 두 팔을 넣어 가슴에서 깍지를 끼고 힘껏 일으켰다.

그러자 가부좌의 자세로 앉아 있던 기개세의 몸이 번쩍 들려서 허공중에 대롱거렸다.

"이 녀석."

나운상은 그 모습이 재미있는지 기개세의 몸을 좌우로 흔들면서 깔깔거렸다.

"깔깔깔! 대가가 마치 아기 같아요!"

"맘대로 해라, 맘대로."

기개세는 아예 팔짱을 끼고 눈을 감았다.

뽀오옹~!

그때 기개세의 몸을 흔드느라 힘을 주던 나운상의 예쁘장한 궁둥이 계곡 사이에서 감미로운 음률이 흘러나왔다.

"어멋?"

쿵!

그녀는 화들짝 놀라 급히 두 손으로 자신의 궁둥이를 가리느라 기개세를 놓아버렸다.

기개세는 부스스 일어나면서 나운상의 둔부를 힐끗 보더니 혀를 끌끌 찼다.

"쯧쯧… 그렇게 예쁜 소리를 내면서 그때는 어째서 궁둥이 찢어지는 소리를 냈었느냐?"

"대, 대가……."

나운상은 너무 부끄러워 뒤에서 기개세의 어깨에 빨개진 얼굴을 묻고 주먹으로 앙증맞게 등을 콩콩 두드렸다.

"허헛! 알았다. 놀리지 않으마."

기개세는 영감처럼 너털웃음을 지었다.

그때 나운상이 두 팔로 기개세의 허리를 꼭 끌어안고는 가만히 눈을 감았다.

"뭐 하느냐?"

자신이 여자에 대해서 박사라고 생각하지만 사실은 아둔패기인 기개세는 그녀의 의도를 짐작도 하지 못한 채 의아한 표정을 지었다.

"그냥… 잠시만 가만히 계세요."

기개세는 자신의 등에 찌그러져서 짓눌려 있는 나운상의 풍만한 젖가슴 안쪽의 그 무엇이 쿵쾅쿵쾅 미친 듯이 뛰는 것을 생생하게 느꼈다.

나운상은 너무 행복했다. 그리고 반대로 너무도 불안했다.

자신이 왜 이러는지 이해할 수가 없다. 그토록 도도하고 자존심 강한 강북천봉 나운상이 어쩌다가 이 모양이 됐는지도 이해되지 않았다.

그러나 지금은 너무 행복하다. 망가져서 행복해진 것이라면, 앞으로 더 망가져도 좋다는 생각이다.

그리고 죽을 때까지 기개세 곁에 머물 수 있다는 사실 또한 너무도 행복했다.

"마조가 외박을 나갔습니다."
"이번에는 절대 놓치지 말라고 전하게."

외박하려고 막 능소지를 나선 기개세에게 오통이 달려와 보고를 했다.

마조는 오대군림의 생도 중 한 명이다. 남궁산이 소옥군을 겁탈하려다가 실패한 직후부터 정경장로 장가서는 정경고수들에게 지시하여 오대군림에 속한 이십삼 명을 지금까지 줄곧 감시해 왔다.

감시를 시작한 지 벌써 넉 달이 지났다.

원래 오대군림에 속한 생도는 이십육 명이었으나 소옥군이 탈퇴하고, 남궁엽은 죽었으며, 남궁산은 대정숙을 무단이탈한 상태라서 이십삼 명만 남았다.

한 달 전에 정경장로 장가서가 기개세에게 보고하기로는, 오대군림 생도들은 자신들이 감시를 당하고 있는 사실을 짐작하고 있는 듯 행동이 극도로 조심스러웠다고 했다.

그래서 정경장로는 한 걸음 뒤로 물러나서 감시를 느슨하게 하는 것처럼 보이라고 정경고수들에게 지시했었다.

그 결과 오대군림의 생도들은 이윽고 외출과 외박 때 외부인과 접촉하기 시작했다.

그들이 만난 외부인 다섯 명을 조사한 결과 그 다섯 명은 모두 낙양성 내 한군데에 거주를 하고 있었다.

그리고 그곳은 바로 남궁산이 은둔해 있던 장원으로 '경화장(京華莊)'이라는 곳이었다.

즉, 남궁산도, 오대군림의 생도들도 결국은 낙양성 내의 경화장을 중심으로 움직여 왔다는 것이다.

그때 이후 정경고수들은 경화장에서 한시도 눈을 떼지 않고 감시해 왔으나 특별히 이상한 점은 눈에 띄지 않았다.

그사이에 북경성 황족이 보낸 밀정이 경화장으로 들어갔고, 그다음 날 그가 남궁산을 데리고 나왔으나 정경고수들은 별로 신경 쓰지 않았다.

두 사람이 경화장에 고기를 조달하러 들어온 푸줏간 사람의 모습으로 변장을 하고 나갔기 때문이다.

물론 경화장을 감시하고 있던 천검사호문의 천호고수들은 밀정과 남궁산을 놓치지 않았다.

그런데 한 명의 예외가 있었다. 오대군림 생도 이십삼 명에 대한 감시를 시작한 지난 넉 달 동안 오직 한 명을 번번이 놓쳐 버린 것이다.

그가 바로 마조라는 생도이며, 그는 오대군림 생도 중에서 외출을 가장 나가지 않았다.

한 달에 한 번 있는 외박 날에만 나가는 편인데, 정경고수들은 물론 천호고수들마저도 그를 미행하는 데에는 번번이 쓰디쓴 고배를 마셔야만 했다.

그런 마조가 오늘 외박을 나갔다는 것이다.

그러나 오늘은 천검사신위의 우지화가 최측근 심복 수하들을 이끌고 직접 미행하기로 했으니 이번만큼은 놓치지 않을 터이다.

"알겠습니다."

누가 볼지도 모르기 때문에 오통은 기개세에게 가볍게 고개를 숙여 보인 후 전문을 향해 빠르게 쏘아갔다.

오통은 팔대명왕의 무능승명왕으로 임명된 후 그동안 맡아왔던 대정반사에서 전격적으로 물러났다. 그리고는 별정직(別定職)인 원앙전 전주로 승급했다.

원앙전은 동거를 원하거나 부부인 대정생도들이 기거하는 곳으로 다섯 명의 정도고수들이 담당하고 있으며, 별정직으로 대정숙 내에서 가장 할 일이 없는 한직(閒職)이다.

그래서 정도고수들은 그곳으로 가기를 극구 싫어하는데, 오통은 원앙전주로 승급되어 바쁘고 틀에 박힌 일상에서 완전히 풀려나게 되었다.

물론 오통이 대정반사에서 원앙전주로 자리 이동을 한 데에는 정경장로인 장가서가 힘을 썼으며, 기개세의 입김이 작용한 것은 두말할 필요도 없었다.

기개세 일행은 외박을 나가기 위해서 전문을 향해 이동하기 시작했다.

겉보기에는 질서없이 우르르 몰려가는 것 같지만 실상 나운상과 담신기, 그리고 육대명왕이 엄밀하게 기개세를 호위하고 있는 형상이다.

나운상과 손진은 아예 기개세의 여자인 것처럼 그의 양팔을 가슴에 꼭 끌어안은 채 걸었다.

원래 나운상의 성격으로는 어느 누구라도 기개세의 옷자락조차 만지지 못하게 하지만 손진만은 예외였다.

나운상이 지난번에 설사방귀를 뀌었을 때 손진의 변비방귀에 큰 도움을 받았기 때문이다. 그날 이후 두 여자는 급속도로 가까워졌다.

나운상은 은혜와 원수를 지나칠 정도로 명백하게 구분하는 성격이었다.

담신기와 유석이 나란히 앞장을 서고, 기개세 뒤로는 서로 팔짱을 낀 부옥령과 유정이 따랐으며, 약간 떨어진 맨 뒤에서는 진운상이 전체적으로 경계를 하면서 성큼성큼 걷고 있었다.

그동안 기개세를 제외한 칠대명왕에겐 큰 변화가 있었다.

칠대명왕으로 임명된 후 그들은 순번을 정해서 돌아가며 기개세 주변을 경계했다.

물론 기개세 곁에는 그림자처럼 나운상이 있고, 한 겹 바깥에는 담신기가 지키고 있다. 하지만 칠대명왕이 경계하는 것은 외곽이다.

나운상이 기개세를 한 몸처럼 지키고 있다면 담신기는 한 걸음, 칠대명왕은 두 걸음 밖에서 지키는 것이다.

그동안 칠대명왕은 잠자는 시간조차 아까워하면서 무공 연마를 해왔으나, 칠대명왕이 된 이후로는 그보다 더 열심히 온몸을 불살라 무공 연마에 진력했다.

현재의 무공 실력으로는 기개세를 보필하지 못한다고 자각했으며, 자신들의 어깨에 천하를 구해야 하는 막중한 책임이 지워져 있음을 명심하고 있기 때문이다.

그리고 기개세는 틈나는 대로 칠대명왕 각자의 무공 연마를 도와주었다.

여태껏 꾸준하게 무공 연마를 해온 칠대명왕에게 기개세가 무슨 도움이 되겠는가, 라고 생각한다면 천만의 말씀이다.

오통은 이 년여 동안 낙성북두검법에 매진했으나 사성까지밖에 진전을 보지 못했었다.

그러나 기개세가 도와주고 나서는 불과 한 달 만에 육성으로 증진하더니, 승급 시험에 연이어 합격하여 한 달여 만에 계등에서 경등까지 무려 세 등급이나 승급했었다. 그리고 현재는 낙성북두검법을 팔성까지 터득한 수준이다.

기개세는 무공을 직시하는 시각이 보통 사람들하고는 사뭇 다르다.

보통 사람들은 육안으로 보지만 그는 마음, 즉 심안(心眼)으로 보기 때문이다.

그렇기 때문에 칠대명왕 모두는 기개세가 무공 연마를 도와주기 시작한 직후부터 무공이 급속도로 증진되는 것을 생생하게 느끼기 시작했다.

또한 그로 인해서 기개세의 경이로울 정도의 천재성에 감탄에 감탄을 거듭했다.

　　　　　*　　　　　*　　　　　*

［이봐.］

어두컴컴한 정원의 어느 나무 뒤에 숨어서 어느 방의 반쯤 열린 창을 통해서 기개세의 모습을 훔쳐보고 있던 소효령은 느닷없이 뒤에서 들려온 전음 때문에 혼비백산해서 하마터면 비명을 지를 뻔했다.

소효령이 돌아보니 다섯 걸음쯤 떨어진 곳 석등 옆에 한 여자가 우뚝 서서 그녀를 주시하고 있었다.

그 여자는 어둠처럼 칠흑 같은 흑의경장을 입었으며, 이십 대 초반의 나이에 갸름한 얼굴 윤곽에 새하얀 살결을 지녔고 몹시 오만한 인상을 풍겨냈다.

마치 세상 사람 모두를 자신의 발아래에 두고 있는 듯한 자신감과 도도함을 지닌 용모고 기도였다.

천검사영의 한 명인 우림이다.

소효령은 우림을 발견하는 순간 단 두 가지, 그녀가 고수라는 것과 심장을 관통할 것 같은 차가운 눈빛을 지녔다는 사실을 깨달았다.

"누구……."

［따라와라.］

소효령이 긴장한 얼굴로 물으려니까 우림은 한마디 툭 던지고는 몸을 돌려 어둠 속으로 걸어갔다.

우림이 소효령을 데려간 곳은 낙성검가의 후원 쪽 한적한
숲속이었다.

두 여자는 서로를 마주 보면서 섰다. 소효령은 작은 키가
아닌데 우림은 그녀보다 반 뼘이나 더 커서 비스듬히 내려다
보고 있었다.

소효령은 낙성검가의 식객(食客)이다.

대정숙에서 첫 외박을 나와 낙성검가에서 묵고 있던 소옥
군은 어느 날 아침에 느닷없이 모친의 손을 잡고 찬바람이 일
도록 낙성검가를 나가 버렸다.

그리고는 그다음 날 아침에 모친에게는 항주성의 운예문
으로 돌아가시라는 한마디만 남기고 대정숙으로 들어갔다.

그러나 소효령은 운예문으로 돌아가지 않았다. 아니, 절대
돌아갈 수가 없었다.

그래서는 안 되는 줄 너무도 잘 알고 있지만, 넘봐서는 안
될 사람, 딸이 사랑하는 남자 기개세를 사랑해 버리고 말았기
에 이대로는 절대 고향인 운예문으로 돌아갈 수 없었던 것이
다.

오리가 알에서 깨어날 때 제일 먼저 보게 되는 것이 닭이라
면, 그 오리는 닭이 제 어미인 줄 알고 죽을 때까지 따라다닌
다고 한다.

아니, 닭이 아니라 돼지라면 돼지를 어미로, 개라면 개를
어미로 여길 터이다.

그런데 새가 알에서 깨어 나오듯이 소효령은 기개세를 보
는 순간 사랑에 눈을 떴으며, 사랑에 눈을 뜨는 그 순간에 기
개세를 보고 말았다.

세상 사람 모두 자신에게 돌을 던지고 침을 뱉어도 감수할
수 있을 것 같은 심정이었다.

그녀 자신도 이 사랑이 얼마나 무모하고 부도덕하며 패륜
적인지 잘 알고 있었다.

그러면서도 기개세를 향한 사랑을, 그리움을, 처절한 몸부
림을 멈출 수가 없었다. 멈추는 순간 그녀의 심장의 박동도
멈춰 버릴 것만 같았다.

첫 외박이 끝나 대정숙으로 소옥군이 들어간 후에 소효령
은 닷새 동안 낙양성 곳곳을 하릴없이 돌아다녔다.

그리고 엿새째 어스름 땅거미가 깔릴 때, 그녀는 낙성검가
의 전문을 두드리고 있었다.

소효령이 소옥군의 모친이라는 사실을 알고 있는 낙성검
가의 안주인 하여상은 반갑게 그녀를 맞이해 주었다.

그리고는 아무것도 묻지 않은 채 그날부터 낙성검가에서
머물도록 해주었다.

소효령은 먼발치에서나마 기개세의 모습이라도 보려고 천
벌을 받을 용기를 내서 낙성검가의 식객이 된 것이다.

　그러나 그녀의 바람을 비웃기라도 하듯, 기개세는 그 후에 단 두 번 외박을 나왔을 뿐이다.

　더구나 한겨울이라 창을 꼭꼭 닫고 있어서 그의 모습을 보려는 간절한 일념은 번번이 빗나가고 말았다.

　그렇다고 해서 소효령이 버젓이 기개세 앞에 나설 처지도 아니었다.

　그리고 소효령은 오늘 천재일우의 기회를 만나 기개세를 몰래 훔쳐보다가 우림에게 발각되고 만 것이다.

　"이제 그만 해라."

　우림이 다짜고짜 싸늘한 어조로 중얼거렸다.

　"무엇을……."

　"주군에 대한 너의 추잡한 욕정을 거두란 말이다."

　"……!"

　소스라치게 놀란 소효령은 두 눈을 동그랗게 뜨고 놀라면서 우림을 바라보았다.

　우림이 그 사실을 어떻게 알고 있는지 너무 놀라서 머릿속이 텅 비어버렸다.

　그러나 소효령은 곧 깨달았다. 그동안 우림이 자신을 줄곧 지켜보고 있었다는 사실을.

　그런데 아무에게도 드러내고 싶지 않은 치부를 들켰다는 수치심보다는, 자신의 순수한 사랑을 일언지하에 '추잡하다'고 짓뭉개 버리는 것에 소효령은 분노를 느꼈다.

"너 따위가 어찌 내 마음을 안다고……."

말하다가 소효령은 울컥 무엇인가 뜨거운 것이 가슴속에서 치밀어 올라 말을 멈추었다.

핏물이 뚝뚝 떨어지는 듯한 서러움이다.

밀물, 아니, 해일 같은 서러움이, 그동안 참고 참았던 무서리 같은 서러움이 한꺼번에 복받쳐 올랐다.

그리고는 이 자리에서는 결코 보여서는 안 될 눈물이 주책없이 흘러내렸다.

"너는 모른다, 내 마음을……."

사랑을 하면 마음도 고결해지나 보다. 예전의 소효령이었다면 이런 상황에서는 만사 제쳐두고 전력 출수부터 쏟아져 나갔을 것이다.

그런데 기껏 투정을 하듯 '너는 모른다, 내 마음을…' 이라니.

"몰라도 된다. 아니, 알고 싶지도 않다."

우림은 또다시 벌레를 보듯 눈살을 찌푸리며 내뱉었다.

"그에게 알릴 셈이냐?"

소효령은 원망하듯 우림을 보며 물었다.

"주군께 정원에 발정 난 암캐 한 마리가 있다는 하찮은 것까지 보고를 드려야 하겠느냐?"

얼굴에 침을 뱉는 것보다 더 지독한 모욕이다. 그런데도 소효령은 발작하지 못했다.

발작을 하면 다시는 기개세를 보지 못하리라는 알 수 없는 두려움 때문이었다.

소효령, 아니, 발정 난 암캐는 넋두리하듯 중얼거렸다.

"그럼 어쩌려는 셈이지?"

우림은 소효령이 끝내 물러나지 않으려는 것을 보고 어이없다는 듯 실소를 흘렸다.

슥—

이어서 그는 천천히 오른손을 뻗어 어깨의 검을 잡았다.

스릉…….

소효령은 움찔했다.

"나를 죽이려는 것이냐?"

우림은 싸늘하게 씹어뱉었다.

"나더러 수하를 죽이란 말이냐?"

"수하?"

"이게 보이느냐?"

우림은 절반쯤 뽑은 검의 검파를 놓고 칼코등이를 잡으며 물었다.

"무슨……."

소효령은 무슨 수작인가 싶어서 무심결에 우림의 검, 아니, 검파를 쳐다보다가 우뚝 몸이 굳어졌다.

그리고 흡사 폭풍 같은 경악은 그 직후에 찾아왔다.

"취봉금인(翠鳳金印)……."

소효령은 찢어질 듯이 부릅뜬 눈으로 우림이 뽑은 검의 검파를 보면서 넋이 나간 듯 중얼거렸다.

운예문의 역사는 삼백오십여 년이며, 항주성을 대표하는 명문이다.

하지만 운예문이 과거 삼백오십여 년 전에 어느 문파에서 떨어져 나온 지파(支派)라는 사실을 알고 있는 사람은 극소수에 불과하다.

떨어져 나오기 전의 운예문은 그 문파의 한낱 일개 당(堂)에 불과했었다.

소효령은 온몸을 격렬하게 부르르 떨었다. 지금은 사랑을 논할 때가 아니다.

운예문이 절대자로 받들고 있는 문파의 지존이 자신의 목전에 출현했기 때문이다.

취봉문은 강서성과 절강성에 삼십 개의 문파들을 휘하에 거느리고 있다.

태극문은 칠십 개의 지부를 거느렸으며, 그들이 일개 문파의 역할을 하고 있다.

하지만 취봉문은 수백 년에 걸쳐서 아예 자파의 당을 하나씩 떼어내어 개파를 시켜주는 방식으로 휘하를 차근차근 늘려왔었다.

물론 그렇기 때문에 취봉문이 거느리고 있는 삼십 개 문파들은 모두 여자들로만 이루어져 있다.

　소효령이 지금 보고 있는 우림의 검파에 새겨져 있는 금빛의 취봉금인은 취봉문 문주의 직계가족만이 지닐 수 있는 표식이었다.

　"너는 취봉금인을 보고서도 예를 취하지 않겠다는 것이냐?"

　"소… 속하 소효령이 취봉금인을 뵈옵니다……."

　우림의 꾸짖음에 화들짝 놀란 소효령은 무너지듯이 그 자리에 부복하며 이마를 맨땅에 박았다.

　맨땅의 싸늘함이 이마를 통해서 머릿속 깊숙이 전해지는 순간 쇠망치로 호되게 강타당한 것 같던 정신이 빠르게 되돌아왔다.

　'주군이라고……?

　그때 소효령의 머릿속에 번갯불처럼 떠오르는 말이 있었다. 격한 감정 때문에 흘려들었지만, 우림은 분명히 기개세를 두 번씩이나 '주군' 이라고 불렀었다.

　천검사호문인 취봉문 문주의 직계가족이 기개세를 '주군' 이라고 칭한다면…….

　'맙소사…….'

　그 순간 소효령의 머릿속이 하얗게 탈색되었다.

　그리고는 부복한 자세 그대로 혼절하고 말았다.

　휘스스…….

　불운하고 또 비운한 여자 소효령의 가냘픈 몸 위로 늦은 봄밤의 삭풍이 훑고 지나간다.

그리고 우림의 싸늘한 시선이 그 위에 더해졌다.

*　　*　　*

낙성검가 별원의 어느 방 실내에는 많은 사람들이 모여 있었다. 하지만 숨소리조차 흘러나오지 않았다.

그 대신 심해 같은 긴장감이 실내를 지배하고 있었다.

편안한 표정의 기개세는 이 방에 오면 늘 앉는 푹신한 태사의에 깊숙이 몸을 묻고 있었다.

그 뒤에 나운상과 담신기가 우뚝 섰으며, 기개세 양쪽에는 오통을 제외한 육대명왕이 세 명씩 당당한 모습으로 늘어서 있었다.

그리고 기개세의 전면에는 다섯 사람이 그를 향해 부복하여 이마를 바닥에 대고 있는 광경이다.

그들은 마조를 감시하고 있는 우지화를 제외한 천검삼신위와 천검사영의 두 명인 우림과 도격이다.

"일어나라."

기개세의 조용한 말에 다섯 사람은 조심스럽게 일어나 시립하는 자세를 취했다.

육대명왕은 아무에게도 언질을 받지 못했으나 전면에 서 있는 사람들 중에 세 사람이 누군지 짐작했다.

신선 같은 용모의 태극문주 도기운, 관운장을 연상케 하는 나궁조, 그리고 조자령을 떠올리게 하는 담무혁이다.

천검신문 문주, 즉 천문주의 직속에는 천검사호문이 있으며, 그 네 문파의 수장들이 천검사신위다.

육대명왕은 도기운과 나궁조, 담무혁이 천검삼신위라고 직감한 것이다.

그들은 얼마 전에야 비로소 천검사호문이 태극문과 성검문, 뇌룡문, 취봉문이라는 사실을 알게 되었다.

그리고 마침내 전설 속에 깊이 묻혀 있던 그 네 문파의 수장들을 직접 대면하게 되었으니 아연 긴장하는 것도 무리가 아니다.

"도격, 우림, 이리 와라."

기개세의 나직한 부름에 천검삼신위 좌우에 서 있던 도격과 우림이 조심스럽게 다가와 기개세의 세 걸음 앞에 멈추고 깊이 읍을 취하고 나서 허리를 폈다.

"이들은 팔대명왕의 여섯 명이다."

기개세는 좌우에 늘어선 육대명왕을 손짓으로 가리켰다.

천검사신위와 도격, 우림은 기개세가 대정숙 내에서 측근 일곱 명을 거두어 자신을 포함해서 팔대명왕이라는 것을 결성했다는 소식을 이미 접해서 알고 있었다.

"이들은 천검사영의 도격과 우림이다. 서로 인사하라."

기개세가 이번에는 육대명왕에게 도격과 우림을 소개했다.

그가 비록 대정숙에 있을 때와 다름없이 행동하고 있었으
나 육대명왕은 대정숙에서의 그와 지금의 그가 천양지차가
난다고 여기고 있었다.

지금 이곳에서의 기개세가 진정한 하늘로 느껴지고 있는
것이다.

도격과 우림은 고개를 들어 천천히 육대명왕을 쓸어보았
다.

방금 전까지 기개세를 대하던 공손함하고는 판이한 당장
에라도 번갯불이 쏟아져 나올 듯한 눈빛이다.

육대명왕은 결코 만만한 존재가 아닌데도 도격과 우림의
눈빛을 접하는 순간 자신도 모르게 몸속에서 피가 마르고 오
금이 저리는 것을 느꼈다.

깊은 산중에서 평범한 동물이 거호(巨虎)와 정면으로 마주
치면 필경 이런 기분일 것이다.

"읍(揖)."

그때 진운상이 조용한 목소리로 입을 열었다.

그러자 육대명왕이 똑같이 두 손을 맞잡아 얼굴까지 들어
올렸다가 내리면서 정중히 허리를 굽혔다.

마치 사전에 미리 여러 차례 연습이라도 했던 것처럼 일사
불란한 움직임이다.

도격과 우림은 포권을 하여 깊숙이 고개를 숙였다.

육대명왕은 읍을 하였고, 도격과 우림은 포권을 했다.

도격과 우림이 똑같이 읍을 했다면 육대명왕을 동격으로 인정한다는 것이다.

하지만 단지 포권으로 맞대응한 것은 그들을 수하로 여긴다는 뜻이다.

이 상황에서 기개세가 이래라저래라 할 수는 없다. 무릇 세상의 모든 일에는 순서가 있고, 사람들이 사는 곳에는 찬물 더운물이 있는 법이다.

그릇 안에 찬물과 더운물을 따로 부으면 스스로 알아서 섞이는 것이지, 붓는 사람이 섞는 것이 아니다.

그 광경을 보면서 나운상의 입가에 흐릿하게 득의한 미소가 피어올랐다.

이로써 기개세를 제외한 칠대명왕과 천검사영의 서열이 자연스럽게 정해졌기 때문이다.

그러나 천검사영은 아직 알지 못한다. 장차 칠대명왕과 천검사영이 서로 공을 다투며 눈부신 활약을 하는 과정에 얼마나 치열한 자리다툼을 하게 될지를…….

"저들은 천검삼신위다."

기개세가 천검삼신위를 가리키자 진운상이 다시 읍을 외쳤고, 육대명왕은 조금 전 도격과 우림 때와는 달리 그 자리에 무릎을 꿇고 두 손을 맞잡아 얼굴 앞으로 들어 올렸다가 가슴 앞에 모으며 고개를 숙였다.

그들의 인사에 천검사영은 가볍게 놀라는 표정을 지었다.

반면에 천검삼신위는 흐뭇한 미소를 머금었다.

진운상이 모두를 대표하여 웅혼하지만 나직한 목소리로 입을 열었다.

"지난 이천삼백여 년 동안 이 땅을 지켜온 전설의 천검사호문의 어르신들을 뵈오니 감개무량합니다. 저희들이 천하를 대표할 수는 없겠으나, 감히 저희들의 문파를 대신하여 높으신 은혜와 노고에 감사드립니다."

이어서 육대명왕은 바닥에 두 손을 짚고 공손히 고개를 숙여 이마를 바닥에 댔다.

이 행동은 수상수하를 가리려는 것이 아니라, 전설의 천검사신위에 대한 후배들의 예우였다.

하지만 육대명왕은 자신들이 천검사신위의 위에 서겠다는 생각 같은 것은 추호도 품지 않았다.

"일어나시게."

담무혁이 온화하게 말하며 다가와 육대명왕을 일일이 일으켜 주었다.

이어서 그는 엷은 미소를 지으며 자신을 소개했다.

"나는 담무혁이라고 하네."

육대명왕은 감격한 표정으로 담무혁을 쳐다보다가 급히 공읍을 취했다.

"나는 나궁조라고 하네."

육대명왕은 즉시 공읍을 취한 후 나궁조의 천신 같은 모습에 홀려 말없이 바라보았다.

그때 도기운이 빙그레 미소 지으며 가볍게 고개를 끄덕였다.

"노부는 도기운일세."

"아……."

"음……."

육대명왕의 입에서 탄성과 신음이 제각각 흘러나왔다.

구대문파 전체와 맞먹을 정도의 어마어마한 세력을 지닌 태극문의 문주인 도기운이다.

그는 정파에서 첫손가락에 꼽히는 거목이라고 해도 지나친 말이 아닌 존재였다.

육대명왕은 도기운과 담무혁, 나궁조를 대하고는 비로소 자신들이 얼마나 막중한 지위에 임명된 것인지를 새삼스럽게 실감했다.

그때 기개세가 나직한 목소리로 입을 열었다.

"도기운, 그동안의 진행 상황을 보고하라."

"명을 받듭니다."

방금까지 신선 같은 모습을 보이고 있던 도기운은 기개세를 향해 공손히 허리를 굽힌 후 설명을 시작했다.

*   *   *

"궁주가 미쳤군. 미쳐도 더럽게 미쳤어."

옥마제 조경오는 술병째 들어 목구멍으로 술을 쏟아붓고 나서 씹어뱉듯이 중얼거렸다.

지금 그가 있는 곳은 낙양성 남문 근처의 장하로(長夏路)에 있는 어느 장원이다.

낙양성에 있는 기간이 길어지게 되자 객잔에서만 묵을 수 없게 되어 구입하게 된 장원이다.

탁자에는 옥마제와 적마제, 그리고 한 명의 홍의여인이 둘러앉아서 술을 마시고 있다.

홍의여인은 삼십대 중반으로 보이는 나이에 머리카락을 틀어 올린 우아한 모습이며, 살결이 은은하게 붉은 것이 몹시 특이했다.

마치 맑은 물에 피를 약간 떨어뜨린 듯 은은하게 붉은 기운이 감도는 살결이다.

그런데도 불구하고 눈이 멀어버릴 것처럼 아름다운 용모와 몸매를 지녔다.

더구나 홍의여인은 입가에 요염한 미소를 머금었고, 눈에서는 매혹적인 붉은 기운을 흘리고 있으며, 터질 듯이 뇌쇄적인 몸을 미미하게 꿈틀거리는 모습은 가히 우물이라고 할 정도다.

그녀는 바로 마도오세의 하나인 혈룡궁의 혈룡십마제 중 혈마제(血魔帝)였다.

그녀의 살결이 은은한 핏빛인 것은 그녀가 연마한 독특한 마공(魔功) 때문이다.

탁!

그때 옥마제가 술병을 탁자에 신경질적으로 내려놓으며 혈마제를 쳐다보았다.

"몽(夢) 매가 보기에 궁주는 어떤 것 같더냐?"

혈마제의 이름은 춘몽(春夢)이다.

"머지않아서 천하를 제패할 것이라며 한껏 기대에 부풀어 있어요."

"미친……."

옥마제의 얼굴이 더욱 보기 싫게 일그러졌다. 하지만 말을 잇지는 않았다.

더 하면 욕이 튀어나올 것 같은데, 차마 궁주에게 욕을 할 수는 없기 때문이다.

혈마제는 옥마제를 보면서 무슨 말을 할 듯 말 듯하다가 그만두었다.

그녀는 어린 소녀 시절부터 옥마제를 헌신적으로 사랑해 오고 있었다.

그가 아무 이유도 없이 그녀에게 죽으라고 말한다면 기꺼이 죽을 수 있을 정도다.

두 사람은 아직 혼인을 한 사이는 아니지만, 혈룡궁에서는 같은 전각에 살았으며 부부나 다름없는 생활을 영위했었다.

그리고 그 사실은 마도에서 모르는 사람이 없다.

"안 되겠어. 내가 직접 궁주를 말려야겠다."

그때 옥마제가 씨근거리면서 벌떡 일어섰다.

"그러지 마세요, 가가."

그러자 혈마제가 깜짝 놀라면서 일어나 만류했다.

"어째서?"

"궁주의 결심은 확고부동해요. 게다가 몇몇을 제외한 궁의 대부분의 사람들이 전적으로 찬성하고 있어요."

원래 강호에 알려진 혈마제의 성격은 더 이상 잔인할 수도, 냉혹할 수도 없을 정도다. 그러나 옥마제에게만큼은 순하디순한 모습이다.

옥마제의 얼굴이 잔뜩 구겨졌다. 그는 분을 참지 못해서 씩씩거리다가 생각난 듯 적마제를 쳐다보았다.

"이봐, 적 제. 내가 이러는 것이 이상한 건가? 궁주나 다른 놈들은 모두 정상이고 내가 비정상인 거야?"

혈마제 춘몽에게 혈룡궁에서 있었던 일에 대해서 설명 들은 후부터 줄곧 침묵을 지키면서 술만 마시고 있던 적마제는 비로소 고개를 들고 옥마제를 쳐다보았다.

"옥 제 자네가 이상하다면 나도 이상한 것이겠지."

동지를 만난 듯 옥마제 얼굴에 한줄기 웃음기가 스쳤다.

"그렇지? 내가 틀린 게 아니지?"

"아무리 무림제패가 급하더라도 마도가 아닌 다른 세력과 손을 잡는다는 것은 있을 수 없는 일이네."

적마제의 단호한 말에 옥마제는 다시 자리에 앉더니 손바닥으로 탁자를 치며 외치듯 말했다.

탁!

"내 말이 그 말이야. 더구나 중원이 아닌 삼황사벌(三荒四閥)이라니, 이건 도대체……."

혈마제 춘몽이 정정해 주었다.

"삼황사벌 전체가 아니라 삼황의 하나인 융황(戎荒)하고 손을 잡은 것이에요."

"어쨌든!"

옥마제가 꾸짖듯이 쏘아보자 춘몽은 찔끔했다. 하지만 손가락 하나를 세워 입에 대면서 다시 조심스럽게 일러주었다.

"조용히 말씀하세요, 가가. 이 장원에는 우리만 있는 게 아니에요."

어제 춘몽을 비롯한 혈룡십마제의 나머지 일곱 명이 혈룡궁 최정예 고수 이백 명을 이끌고 이 장원에 들이닥쳤다.

옥마제는 발끈했으나 춘몽의 말이 틀리지 않다는 것을 곧 깨닫고 착잡한 표정을 지었다.

"여하튼 나는 순수 혈통의 마도가 변황의 오랑캐 무리와 손을 잡는다는 것, 그리고 그놈들과 함께 중원무림을 친다는 것은 결사반대야."

대답을 요구하듯 옥마제는 힐끗 적마제를 쳐다보았다.

적마제는 묵직하게 고개를 끄덕였다.

"내가 자네 친구라서가 아니라 원래 나는 마도는 순수해야 한다고 믿고 있는 사람이네."

"그렇지?"

"마도의 최종 목표는 무림제패지만, 어디까지나 그것은 마도의 힘만으로 이루어야 하지."

"내 말이 그 말이야. 더구나 과거에 세 차례나 이 땅에 침공해서 천하를 피로 씻은 삼황사벌과 손을 잡다니, 미치지 않고서야 있을 수 없는 일이지."

옥마제는 흥분해서 궁둥이를 들썩거렸다.

"우리 마도는 이 땅에 무림이 생겨난 이래 두 차례 봉기하여 무림을 제패하려고 했으나 실패하고 말았다. 하지만 그때도 우리 마도는 정파와 천검신문하고만 싸웠을 뿐이지 백성들에겐 손가락조차 대지 않았다."

그의 이마와 목에 힘줄이 불끈거렸다.

"그러나 삼황사벌은 어땠었나? 그놈들은 무림인이든 백성이든 닥치는 대로 무차별적으로 죽였어. 삼황사벌은 세 차례 중원에 침공했었는데, 매번 수십만 명의 죄없는 사람들이 목숨을 잃었다는 말이야."

옥마제는 어금니를 악물었다.

"그런데 궁주가 그런 악마 같은 놈들과 손을 잡다니⋯⋯.

으드득! 궁주는 더 이상 마도인이 아니다. 이제부터 그자는 단지 중원의 원수일 뿐이다.”

옥마제는 마도인으로서 지독할 정도로 올곧은 성격이다.

“이제 어쩔 셈인가?”

옥마제의 입에서 거침없는 말까지 튀어나오자 적마제가 음울한 얼굴로 넌지시 물었다.

“본 궁 내에서 정신이 제대로 박혀 있는 자들을 내 편으로 끌어모아야겠어.”

“그리고는?”

“기회를 봐서 궁주를 죽이고 혈룡궁을 장악해야지. 그다음은 당연히 삼황사벌의 융황하고는 결별이다. 정해진 수순이 아닌가?”

적마제는 고개를 끄덕였다.

“그렇긴 해. 하지만 말처럼 일이 쉽게 풀리지 않는다면 어쩔 셈인가?”

“무엇을 걱정하는 겐가?”

“혈룡궁 내에 제정신 박힌 놈들이 없다면? 있더라도 궁주를 죽이는 일이 불가능해지면 어떻게 하겠느냐는 걸세.”

옥마제는 미간을 잔뜩 좁혔다.

“음! 그렇다면 마도오세의 다른 사세를 일일이 찾아다니면서 사실대로 말하고는 도움을 구해야지.”

“그런데… 만약 마도오세 전체가 삼황사벌과 손을 잡았다

면 어쩔 텐가?'

"그… 럴 수도 있는 건가?"

적마제는 말없이 고개를 끄덕였다.

그러자 옥마제는 힘없이 중얼거렸다.

"끙. 그럴 수도 있겠군. 그 생각을 미처 못했어. 이런 밥통!"

그는 답답해지자 주먹으로 제 머리를 세차게 때렸다.

잠시 침묵이 흘렀다. 만약 마도오세 전체가 삼황사벌과 손을 잡았으면 어떻게 하는가, 라는 사실이 모두를 질식할 만큼 답답하게 만들었다.

"그렇다면 방법은 하나뿐이다."

이윽고 옥마제가 앓는 소리처럼 중얼거렸다.

적마제와 춘몽의 시선을 받으며 옥마제는 착잡하게 말을 이었다.

"정말 그렇다면, 나는 천검신문을 찾아가겠다."

전혀 예상하지 못했던 말에 적마제와 춘몽은 놀라서 눈을 커다랗게 떴다.

그러나 옥마제는 아랑곳하지 않고 눈에서 시퍼런 안광을 줄줄이 뿜어냈다.

"천하를 지켜내야 한다는 점에서 나와 천검신문은 의견이 같다. 적의 적은 동지니까, 내 한 몸 부서지더라도 천검신문을 도와서 이 땅을 지켜야지."

“…….”

옥마제의 강한 의지에 적마제와 춘몽은 착잡한 표정으로 그를 쳐다보기만 할 뿐이었다.

슥—

옥마제는 술병을 잡았다.

“그리고 마도의 순수 혈통을 지켜야지.”

어린 시절에 그가 마도의 길로 들어선 이유는 순전히 마도가 멋있기 때문이었다.

그런데 만약 마도가 멋있음을 잃으면 더 이상 마도가 아닌 것이다.

옥마제는 술병을 입 안에 쑤셔박고는 술을 목구멍 안으로 다 쏟아부었다.

*　　　*　　　*

우두두두—

네 필의 준마가 끌고 있는 한 대의 화려하기 짝이 없는 마차가 성문을 통과하여 낙양성 내로 힘차게 진입했다.

금칠홍장의 마차는 일견하기에도 황족이나 왕후장상이 탄 것이 분명할 정도로 화려함이 극에 달했다.

어자석에는 산뜻한 백의경장을 입은 일남일녀가 나란히 앉아 있다.

마차는 대로 한복판을 달리면서도 속도를 늦추지 않아서
거리를 가득 메운 사람들이 황급히 비키느라 난리법석이 벌
어졌다.

달칵!

그때 마차의 옆쪽 작은 창문이 열렸다.

그리고 눈이 부시듯 아름다운 한 소녀의 얼굴이 나타났다.

그녀는 창밖에 펼쳐지는 전경을 바라보면서 얼굴 가득 기
대감을 떠올렸다.

그리고는 방글방글 미소 지으면서 조그맣게 중얼거렸다.

"헤헤… 여기가 낭군님이 계신 낙양성인가?"

낙양성에 들어선 독고비의 일성(一聲)이다.

우두두둑!

사두마차는 대정숙을 향해 곧장 질주해 갔다.

*　　　*　　　*

자정이 훨씬 넘은 낙성검가.

'이 녀석은 도대체 날 지키겠다는 거야, 나더러 지켜달라
는 거야?

여태 자는 체하고 있다가 살머시 눈을 뜨고 나운상을 보던
기개세는 살짝 어이없다는 표정을 지었다.

옆에 누운 나운상은 기개세의 어깨를 베고 한쪽 팔과 한쪽

다리를 그의 몸에 얹은 채 세상모르게 자고 있다. 아니, 아예 몸 반쪽을 그의 몸에 싣고 있다.

천문주의 그림자라고 자처하면서 기개세와 한 몸처럼 붙어 있으면서 그녀는 철저히 자신의 지위를 악용하고 있었다.

나운상은 능소지에 가입한 사흘 후부터 기개세와 동침을 해왔었다. 그를 최대한 밀착 호위해야 한다는 것이 이유였다.

원래 그녀는 다른 사람하고는 절대 잠을 자지 못하는 깐깐한 성미다. 또한 천장을 향해 똑바로 잠이 들고 나면 그다음 날 아침에도 한 치의 흐트러짐 없이 그 자세 그대로 깨어난다.

그런 그녀가 기개세와 동침을 하면서도 태연히 코를 골면서 자고, 잠버릇은 또 얼마나 고약해졌는지 모른다.

슥…….

기개세는 손가락을 세워 나운상의 턱과 인중, 목덜미 세 군데의 혈도를 살짝 찍어 혼혈을 제압했다.

그로써 나운상은 잠든 그대로 더 깊은 잠 속으로 빠져들었다.

이어서 기개세는 나운상을 똑바로 눕히고는 침상에서 내려와 옷을 갈아입었다.

담신기는 심부름을 보냈으며, 육대명왕에겐 낙성북두검법으로 검진(劍陣)을 만들 수 있는지 궁리해 보라고 과제를 내주었기 때문에 나운상만 재워 버리면 기개세는 바야흐로 자유의 몸이 되는 것이다.

천검사영의 다른 두 명인 도격과 우림에겐 오늘 밤에는 푹 쉬라는 명령을 내렸으므로 염려하지 않아도 된다. 주군의 명령은 목숨을 바쳐서라도 수행해야 하는 것이다.

이제 방을 나가서 낙성검가만 살짝 벗어나면 그때부터는 진짜 자유다.

지금부터 그는 가란과 설화쌍봉을 만나러 갈 계획이다.

일전에 천검사영의 나신효에게 낙양성 밖 양수하에 가장 큰 기루를 지으라고 명령을 내렸는데, 그것이 닷새 전에 완성이 되었다.

그다음 날에 가란과 설화쌍봉은 무창성에서와 같은 이름의 쌍봉루를 대대적으로 개업했다.

나신효의 보고에 의하면 쌍봉루는 개업한 날부터 문전성시를 이루고 있단다.

나신효가 성검문의 다섯 고수로 하여금 쌍봉루를 호위하라고 지시했기 때문에 양수하의 다른 기루들이 집적거리는 일은 일체 없었다.

또한 현재 쌍봉루에는 기개세의 무창성 친구들인 형곤과 철웅, 고태가 머물고 있다.

앞으로 그들은 하여상에게 무공을 배울 때를 제외하곤 쌍봉루에서 기거하게 될 것이다.

'이 밤중에 어딜 가시는 걸까?'

어두운 정원의 나무 뒤에 서 있던 소효령은 기개세의 방 창문이 살며시 열리더니 곧 눈에 익은 한 사람이 소리없이 나와서 한쪽 방향으로 쏘아가는 것을 발견하고 의아한 표정을 지었다.

우림이 소효령에게 다시 한 번 기개세 주변에 모습을 나타내면 목을 자르겠다고 엄포를 놓았으나, 한 번 사랑에 목숨을 건 소효령에겐 그야말로 우이독경이었다.

그녀는 기개세가 어디로 가는지 궁금한 것보다, 그의 모습을 보게 되었다는 사실에 흥분을 감추지 못하고 재빨리 그의 뒤를 쫓기 시작했다.

"뭐냐, 너희들은?"

낙양성의 높은 담을 넘어 쉬지 않고 양수하를 향해서 관도를 달려가던 기개세는 갑자기 신형을 멈추고 전면을 보며 차갑게 말했다.

그의 전방 십여 장 거리에는 검은 인영들 삼십여 명이 관도를 가로막고 죽 늘어서 있었다.

어두운 밤이지만 기개세의 눈에는 그들의 모습이 대낮보다 더 환하게 잘 보였다.

일견하기에도 그들은 잘 훈련된 일류고수가 분명했다.

또한 정파의 고수들이 지니고 있는 맑고 밝은 정기(精氣)와

는 달리 왠지 음습하고 피비린내가 은은하게 풍기는 마기로
운 기도가 풍겨 나왔다.

스스스…….

그때 아주 흐릿한 소리와 함께 관도 양쪽의 울창한 숲에서
검은 인영들이 모습을 드러냈다.

기개세는 움찔, 안색이 변해서 재빨리 좌우를 쓸어보았다.

다섯 호흡이 지나기도 전에 관도 양쪽 가장자리에는 각각
삼십여 명씩 육십여 명의 검은 인영들이 늘어섰다.

휙!

기개세가 재빨리 뒤를 돌아보니 그가 방금 지나온 뒤쪽에
도 언제 나타났는지 삼십여 명의 검은 인영들이 벽을 형성한
채 마치 악마처럼 서 있었다.

'포위됐다!'

식은땀 한 방울이 기개세의 관자놀이에서 주르르 아래로
흘러내렸다.

『대사부』 제7권에 계속…

閻王眞武

염왕진무

김석진 新무협 판타지 소설

"그, 그럼 어디서 오셨습니까?"
무심하게 고개를 돌리며 진무가 속삭이듯 말했다.

……지옥에서.

인간이라면 절대 익힐 수 없다는 강호삼대불가득!
그것에 얽힌 비사를 풀기 위해 그가 강호로 나섰다!
피처럼 붉은 무적의 강기, 혼돈혈애를 전신에 두르고
수라격체술과 염왕보로 천하를 질타하는 쾌남아, 진무!
염왕의 진실한 무학을 발현하여 무림삼패세와 고금십대천병을
이겨내고 속세의 악업을 심판하는 진정한 염왕이 되어라!

이제 강호는 진무의
일거수일투족에 열광한다!

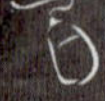

유행이 아닌 자유추구 —
WWW. chungeoram.com

Book Publishing CHUNGEORAM